STUMME SCHREIE AUF NORDERNEY

ELLA LORENZ

Einführung

Zwei Stunden vor Mitternacht. Eine junge Frau steht am Hafen. Die Luxusyacht eines Münchner Milliardärs und Investors ist ihr Ziel.

In den frühen Morgenstunden des nächsten Tages ziehen Rettungskräfte ihre Leiche aus dem trüben Wasser der Nordsee. Alles deutet auf ein Tötungsdelikt hin. Die Auricher Kripo übernimmt den Fall. Hauptkommissarin Lea Landgraf steht abseits. Der leitende Ermittler, ein neuer Mann, lehnt jegliche Zusammenarbeit ab. Zwischen ihr und dem Auricher Kollegen entwickelt sich eine nicht unbedeutende Spannung. Stillschweigend beginnt sie auf eigene Faust zu ermitteln. Ein Konflikt ist vorprogrammiert.

Lea ist entsetzt, als ihr bewusst wird, dass eine Spur in ihr privates Umfeld führt. Wie soll sie sich verhalten? Sie versucht Indizien zurückzuhalten und begibt sich damit auf gefährliches Glatteis. Unerwartet meldet sich Staatsanwalt Doktor Maibach und macht ihr ein bemerkenswertes Angebot. Lea ist verblüfft. Soll sie das Angebot annehmen?

Kriminalhauptkommissarin Lea Landgraf

Dr. Carsten Maibach · Staatsanwalt, Aurich

Kriminalhauptkommissar Frank Eggers, Aurich

Sabine Kirsch · Verwaltungsfachangestellte

Polizeihauptmeister Johann Flessner

Polizeimeister Jan Lankow

Sven Kreutzer · freier Journalist und Fotograf

Hauptkommissar Dennis Fleischmann

Bürgermeister Udo Redenius · Norderney

Martha Hinrichs · Rentnerin und Vermieterin

Doktor Kaßmann · Notarzt

Stella · beste Freundin, Hannover

Aurich · Kreisstadt des Landkreises Aurich

Norderney · zweitgrößte ostfriesische Insel

Kapitel 1

Nächtelang lag sie wach und dachte nach. *Ja, sie war erfolgreich. Sehr erfolgreich. Doch der Erfolg hatte seinen Preis. Wem konnte sie noch trauen? Welchem Menschen noch glauben? Wo war sie noch sicher?*

Sie wollte es herausfinden, auch auf die Gefahr hin, dass es wieder so enden könnte, wie in Spanien. Sie tröstete sich mit dem Gedanken, dass Norderney anders sei als das sonnenverwöhnte Land auf der iberischen Halbinsel. Niemand würde sie dort, auf der Ostfriesischen Insel, auflauern, verfolgen, bedrohen, verletzen oder gar töten. Sie hatte ein gutes Gefühl.

ER SAH sie in den sozialen Medien. Sie redete, erzählte und lachte. Er wusste, dass sie nach Norderney fuhr. Ein Jahr hatte er gewartet. Jetzt war die Gelegenheit da. Er veränderte sein Aussehen. Das Milchgesicht legte er bereits vor Monaten ab. Äußerlich hatte er sich zu einem Mann entwickelt, im Inneren blieb er dennoch der naive, verstörte Hitzkopf. Mit neuer Frisur, markantem Vollbart und lässigem Outfit machte er sich auf den Weg nach Norderney.

Als sie auf der Fähre an ihm vorbei lief und ihr Parfüm seine Nase streifte, verlor er beinahe die Beherrschung. Er wollte sie haben. Er musste sie haben und er wusste, er würde sie bekommen. Es war nur eine Frage der Zeit.

EINGEHÜLLT IN REGENKLEIDUNG, schob sie ihr Fahrrad gegen den Wind, der von Nord-West kommend, dunkle Wolkenberge vor sich hertrieb. Dicke Regentropfen klatschten auf das graue Pflaster der Fußgängerzone. Es fiel ihr sichtlich schwer, den Weg vom alten Postamt zurück zum Büro zu gehen. Gerne hätte sie Fahrrad und Tasche stehen gelassen, ein Taxi gerufen und ...

Sie biss die Zähne zusammen, trotzte dem Schmerz, der sich vom Becken hoch durch den ganzen Körper zog und humpelte langsam weiter. Ihr Kopf schmerzte, als würde unentwegt ein Vorschlaghammer gegen ihre Schädeldecke schlagen. Blut rann von der Schläfe abwärts in den Kragen ihres Shirts, wo es sich unangenehm verklebt anfühlte. Immer wieder hielt sie ein Papiertaschentuch unter die Nase, aber der Blutstrom wollte nicht enden. Mühsam, durchnässt und erschöpft erreichte sie nach einem strapaziösen Gang von 20 Minuten ihr Ziel.

AM STRAND und auf der Promenade sah man an diesem Tag nur wenige Menschen. Eingepackt in wetterfeste Kleidung trotzten sie der feuchten Witterung. Einige nutzten das widrige Wetter für eine ausgiebige Shopping-Tour, sehr zum Leidwesen der Kinder, die unwillig und quengelnd ihren Eltern folgen mussten. Die überwiegende Zahl der Gäste, die in der Vorsaison Norderney besuchten, saßen in Cafés, Restaurants und Kneipen der Innenstadt.

. . .

»WAS IST PASSIERT? Sabine, du blutest! Hattest du einen Unfall?«

Lea stützte ihre Mitarbeiterin und führte sie vorsichtig zu einem Stuhl in der Küche. Stöhnend setzte sie sich hin, während sie weiterhin versuchte, den Blutfluss mit Taschentüchern zu stoppen.

»Ich bringe dich zum Arzt.«

»Nein, Lea. Mir geht es gut. Nur ein wenig Nasenbluten und ein paar Kratzer, sonst nichts.«

»Und was ist mit der Platzwunde an deiner Schläfe?«, fragte Lea besorgt.

»Nicht der Rede wert.«

Sabine entledigte sich unter Stöhnen ihrer Regenkleidung.

»Was ist passiert? Bist du gestürzt?«

»Ja und nein. In der Innenstadt waren Demonstranten. Eine Demo mit über 40 Personen. Sie liefen friedlich mit ihren Transparenten durch die Straße. Gerade als ich die Gruppe mit dem Fahrrad überholen wollte, bekam ich einen Fußtritt gegen mein Rad. Ich fiel zu Boden und knallte mit dem Kopf gegen eine Straßenlaterne. Dumm gelaufen.«

»Soll ich dich nicht doch besser zu einem Arzt bringen? Die Wunde sieht nicht gut aus. Vermutlich muss sie genäht werden.«

»Nein, Lea. Das Nasenbluten ist bereits vorbei und die kleinen Abschürfungen am Kopf bringen mich nicht um.«

»Weißt du, wer das war?«

»Nein. Es war definitiv einer der Demonstranten. Näheres kann ich dir nicht sagen. Als ich mich wieder aufgerappelt hatte, standen ein paar hilfsbereite Menschen um mich herum, von der Demo war nichts mehr zu sehen.«

»Weshalb sind diese Leute so aggressiv?«, wollte Lea wissen.

»Sie sind nicht alle aggressiv. Unter den Demonstranten

waren auch Mütter mit Kindern sowie einige ältere Menschen.«

»Was war das für eine Demo?«

»Keine Ahnung. Hat mich bislang auch nicht interessiert. Es gab bereits mehrere Demonstrationen dieser Art, das habe ich zufällig in der Drogerie erfahren.«

»Allgemein finde ich Demos okay, aber Gewalt lehne ich grundsätzlich ab, egal welchem Zweck sie dienen soll«, sagte Lea und reichte Sabine ein Paket Papiertaschentücher.

»Willst du Anzeige erstatten?«

»Nein. Das macht keinen Sinn. Ich glaube nicht, dass ich einen Zeugen finde, der diesen Vorfall gesehen hat. Außerdem habe ich ja nur ein paar Kratzer und das Fahrrad ist heile geblieben.«

»Okay. Sonst hätte ich Flessner informiert.«

»Nein, nicht nötig. Ich gehe wieder in mein Büro.«

»Bist du sicher, dass du arbeiten kannst?«

»Klar!«

Mit wankendem Gang und verzerrtem Gesicht schlurfte sie zu ihrem Schreibtisch.

»Wenn du möchtest, kannst du dir den restlichen Tag freinehmen«, rief Lea ihr nach.

»Und wer soll dich bei deiner Arbeit unterstützen, wenn ich zu Hause auf dem Sofa liege?«

»Es ist Vorsaison, da ist ohnehin nicht viel los. Ich denke, den Papierkram werde ich irgendwie alleine schaffen«, erwiderte Lea.

»Egal! Ich bleibe trotzdem hier.«

Sabine lachte, was ihr Schmerzen in der Brust verursachte, aber das musste Lea ja nicht wissen. Sie verbrachte die nächste halbe Stunde im Büro ohne viel Bewegung, vorwiegend hinter dem Schreibtisch.

Lea war besorgt, konnte aber gegen Sabines Dickkopf

nichts ausrichten. Immer wieder kam sie zu ihr, versorgte sie mit Tee und Kaffee und erkundigte sich nach ihrem Befinden.

Gegen 10 Uhr am Vormittag saß Sabine wie ein Wrack, das auf einer Sandbank gestrandet war, vor ihrem Schreibtisch.

»Du gehst jetzt zum Arzt«, sagte Lea streng.

Sabine wollte widersprechen, fügte sich aber Leas Anordnung.

Irgendwie war sie froh, als Lea sie mit dem Auto zu Doktor Kaßmann fuhr. Dort, im Wartezimmer angekommen, kollabierte sie.

»Ich bin morgen wieder voll fit«, sagte Sabine kaum vernehmbar, bevor sie in den Rettungswagen geschoben wurde. Was war die Ursache für den Kollaps?

So blass und hilflos hatte Lea Sabine noch nie gesehen. Der Arzt sprach von möglichen inneren Verletzungen.

»Sie muss ins Krankenhaus. Manche Verletzungen, kaum sichtbar, sind so schwer, dass sie eine verstärkte ärztliche Untersuchung und Beobachtung über mehrere Tage erfordern. Somit kommen wir an einen stationären Aufenthalt nicht vorbei«, so der Arzt.

»Mit inneren Verletzungen, vielleicht sogar mit inneren Blutungen, ist nicht zu spaßen. Da ist Vorsicht geboten«, sagte einer der Rettungssanitäter nachdenklich, bevor er in das Fahrzeug stieg und mit Einsatzlicht davon fuhr.

Die Arbeit ohne ihre quirlige Mitarbeiterin konnte sie sich gar nicht vorstellen. *Würde sie bald wieder »die Alte« sein?* Lea sorgte sich um Sabine.

Bis 17 Uhr saß sie an ihrem Schreibtisch. Die Stille war unerträglich.

LEA NAHM ihr Smartphone und schrieb eine Nachricht an Sven: »Hallo! Kannst du mich ein wenig aufheitern?«

Lea musste nicht lange warten, die Antwort kam prompt.

»Klar! Treffpunkt *‚Alte Post‘*, in 20 Minuten.«

Ihre Finger huschten über das Display ihres Smartphones.

»Super! Bis gleich«, antwortete Lea mit wenigen Worten.

Ihre Dienstwaffe verschloss sie in der Schreibtischschublade, räumte Aktenordner zurück ins Regal, schaltete die Anrufumleitung ein, nahm ihre Jacke und verließ das Büro. Bis zur ‚Alten Post‘ benötigte sie kaum 10 Minuten. Die Regenfront war abgezogen. Der Himmel klarte auf. Der kleine Fußmarsch tat ihr gut. Die Straßen waren belebt, nicht so voll wie in der Hauptsaison, dennoch liefen dort merklich mehr Menschen als in den letzten Tagen. Sven stand wartend vor dem Gebäude, das einst als Postamt genutzt wurde. Lea hob den Arm, als sie ihn erblickte. Mit großen Schritten kam er ihr entgegen, begrüßte sie mit Umarmung und Küsschen auf die Wange.

»Hallo, Lea. Was ist los? Happy siehst du nicht aus.«

»Sabine hatte einen Unfall.«

»Das ist ja schrecklich. Wie geht es ihr? Was ist ihr passiert?«

Lea zeigte mit ausgestrecktem Arm die Straße entlang.

»Irgendwo dort drüben ist Sabine gestürzt. Sie wurde samt Rad von einem Demonstranten mutwillig zu Boden gestoßen.«

»Ist sie verletzt?«

»Schürfwunden und Prellungen. Ob etwas gebrochen ist, weiß ich nicht. Derzeit befindet sie sich zur Beobachtung im Krankenhaus. Genaueres konnte der Arzt noch nicht sagen. Ich hoffe, dass sie bald wieder fit ist.«

»Wie kann ich dich aufheitern?«

»Mit etwas Leckerem. Ich habe Hunger. Seit heute Morgen habe ich nichts mehr gegessen.«

»Was möchtest du essen?«

»Ich habe Appetit auf Fisch.«

»Wie wäre es, wenn ich uns Fischbrötchen besorge, wir setzen uns an den Strand, essen und genießen den Blick auf das Meer.«

»Klingt super«, sagte Lea begeistert.

»Besorge du zwei Becher Kaffee. Ich kümmere mich um den Fisch.«

GUT, dass sie sich eine Jacke angezogen hatte. Am Strand war es wesentlich frischer als in der Stadt. Beide genossen die kleine Fischmahlzeit. Die Kaffeebecher standen neben ihnen im Sand. Hungrige Möwen stolzierten in ihrer Nähe. Sie hatten die Delikatesse gerochen.

»Müssen wir das Essen mit diesen gierigen Vögeln teilen?«

»Nein. Werfe ihnen nur nichts zu. Ein Happen und du wirst die Viecher nicht wieder los. Manche sind so frech, die klauen dir das Essen aus der Hand.«

»Abstand, Freundchen!«, rief Lea einer Möwe zu, die dreist näher kam. »Ich bin von der Kriminalpolizei. Ein Schritt weiter und ich verhafte dich.«

Sven musste laut lachen. Die Möwe flog verschreckt davon.

»Es ist schön hier.« Lea schmiegte sich an ihren Freund. »Ich möchte hierbleiben, bis die Sonne untergeht.«

Sven schaute auf die Uhr.

»Dafür fehlt mir die Zeit. Wir trinken unseren Kaffee aus und gehen zurück zum alten Postamt. Ich habe keine Lust, in der Dämmerung ohne Rücklicht nach Hause zu fahren. Seit gestern ist es defekt.«

»Okay. Ich begleite dich. Wir könnten es uns bei dir gemütlich machen. Hast du noch diesen leckeren Rotwein?«

»Ich möchte keinen Wein trinken. Außerdem ist meine

Bude total unaufgeräumt. Ich denke, wir machen für heute Schluss.«

»Was ist los mit dir? Ich dachte, wir könnten den Abend gemeinsam verbringen?«

»Heute nicht, Lea. Ich muss noch arbeiten, die Bude aufräumen und einiges für morgen vorbereiten.«

»Schade. Es ist gerade so schön mit dir. Hast du kein Stündchen Zeit für mich?«

Sie legte ihre Arme um seinen Hals und küsste ihn auf den Mund.

»Lass das bitte, Lea. Nicht heute.«

»Was ist los?«

»Für dich habe ich spontan alles stehen und liegen gelassen. Jetzt muss ich zurück nach Hause. Verstehe das bitte. Auf mich wartet jede Menge Arbeit.«

»Kann ich dir helfen?«

»Nein, Lea.«

»Sehen wir uns morgen? Ich koche uns etwas Leckeres. 20 Uhr bei mir?« Fragend schaute Lea zu ihrem Freund.

»Gut. Morgen Abend um 20 Uhr bei dir.«

Beide erhoben sich, entsorgten Becher und Papier in einem Abfalleimer und liefen zurück zum *‚Alten Postamt‘*, wo sie sich trennten.

Jetzt, auf dem Nachhauseweg, wurde es ihr bewusst. *Sven hatte nur wenig geredet. Sonst typisch Journalist, besaß er ein starkes Bedürfnis, sich immer und überall mitzuteilen. Was war mit ihm los? Weshalb war er so verschlossen?* Morgen Abend wollte sie mit ihm reden.

Kapitel 2

Er verließ den Salon, ging nach draußen, lehnte sich über die Reling und genoss den Sonnenuntergang. Es war nicht wie an der Côte d'Azur, dennoch fühlte er sich hier wohl. Er liebte die Beschaulichkeit, die diese Insel bot und die Luft, die nach Salz und Meer schmeckte.

Sie war ihm gefolgt. Eine Armlänge neben ihm blieb sie stehen. Sie schaute in die Ferne, als würde sie die vorbeifahrenden Schiffe beobachten. Ihr Lächeln wirkte aufgesetzt, fast arrogant.

»Mir fehlt die Riviera! Wann fahren wir zurück?«

Die Stimme, die er hörte, klang vorwurfsvoll, gelangweilt und gereizt.

»Wenn wir hier alles erledigt haben«, erwiderte er kühl, »das wird noch einige Tage in Anspruch nehmen. Die Crew bringt das Schiff zurück nach Nizza. Wir fahren nach München, von dort fliegen wir zurück nach Marseille.«

Als sich sein Smartphone bemerkbar machte, setzte er sich, schlug die Beine übereinander und redete, als wäre er alleine an Bord.

Sie beobachte ihn argwöhnisch. Kaum dass er das Gespräch beendet hatte, ging sie auf ihn zu.

»Warum hast du dieses Mädchen eingeladen?«, keifte sie Ihren Gegenüber an.

»Der Deal mit der Stadt Norderney ist mir extrem wichtig. Es steht einiges auf dem Spiel. Diese junge Frau entwickelt sich zu einem Problem. Ich denke, sie will sich für die Aktion in Barcelona revanchieren. Ich muss etwas unternehmen, bevor die Sache eskaliert.«

»Wenn es um deine dubiosen Geschäfte geht, ist dir jedes Mittel recht. Du willst ....«

»Halt den Mund!«

Er fuhr hoch, holte aus und schmetterte seine ausgestreckte Hand gegen ihre linke Wange, sodass sie schwankte, den Halt verlor und zu Boden stürzte.

Mühsam richtete sich die brünette, schlanke Frau in dem schwarzen Einteiler wieder auf.

»Scheiße! Warum schlägst du mich?«

»Ich will nicht, dass du so über meine Geschäfte redest. Immerhin profitierst auch du ganz gut davon.«

Sie ging zur Bar, holte sich Eiswürfel aus dem Kühlfach, wickelte sie in ein Tuch und hielt es an ihre Wange.

»Das tat weh!«, klagte sie.

»Besorge mir einen Cocktail, danach trägst du etwas Rouge auf, sonst siehst du aus wie eine Bordellschlampe, die ihrem Freier in die Quere gekommen ist.«

»Sollen doch alle sehen, dass du mich geschlagen hast.«

»Übertreibe es nicht, das kann böse enden. Ich mag dich, aber nimm bitte den Mund nicht zu voll, meine Liebe.«

»Willst du mich wegen der Jüngeren abservieren?«

»Nein, im Gegenteil. Mir liegt nichts an diesen jungen Dingern. Ich habe etwas anderes mit ihr vor«, sagte er beiläufig.

»Barcelona darf sich nicht wiederholen.«

»Rede nicht von Barcelona. Du warst nicht ganz unschuldig an der Situation. Beinahe wäre die Sache aus dem

Ruder gelaufen. Hätte ich meinen Einfluss bei der Polizei nicht geltend gemacht, würdest du jetzt in einem spanischen Gefängnis schmoren und ich hätte meinen guten Ruf ruiniert.«

»Sorry, ich hatte dein gutes Herz vergessen.«

»Willst du mich provozieren?« Seine Frage klang bedrohlich.

»Nein! Du weißt, ich liebe dich.«

Sie lachte süffisant, nahm den Cocktail von der Bar, ging drei Schritte auf ihn zu und schüttete ihm das Getränk ins Gesicht.

»Biest!«, schrie er zornig, »das nennst du Liebe?«

»Ich mag, wenn du wütend bist. Sag`, was hast du mit der Kleinen vor? Willst du das Problem mit Geld aus der Welt schaffen?«

»Sie ist klug. Sie ist erfolgreich. Sie ist Idealistin. Geld alleine wird sie nicht aufhalten.«

»Was willst du unternehmen?«

»Was in Barcelona geschah, hat sie kaum beeindruckt. Im Gegenteil, sie verfolgt mich, seit sie aus dem Krankenhaus entlassen wurde. Was sie kommuniziert, ist Gift für mein Unternehmen. Das kann so nicht weiter gehen.«

»Was hast du vor?«

»Ich habe Zagan informiert.«

»Ich dachte, er macht Urlaub in Griechenland?«

»Seit gestern ist er wieder in München. Er ist bereits unterwegs. Heute Nachmittag kommt er mit der 17 Uhr Fähre. Er wird sich um die Frau kümmern. Wenn alles vorbei ist, verlässt er Norderney wieder. Den Rest des Jahres wird er in Thessaloniki verbringen«.

»Was ist, wenn ...?«, fragte sie vorsichtig.

»Auf Zagan ist Verlass.«

. . .

LEA KÄMPFTE sich durch einen Wust von Anträgen.

»Ich hasse diesen Papierkram!«, schrie sie wütend.

Es war 14 Uhr, als sie die letzten Formulare zur Seite legte, ihre Schreibtischschubladen verschloss, Jacke und Autoschlüssel nahm und das Büro verließ.

»Mist! Ich muss noch einkaufen!«, rief sie. Auf dem Beifahrersitz lag ihr handgeschriebener Einkaufszettel.

Lea hielt bei einem Supermarkt außerhalb der City, besorgte Spaghetti, Tomaten, Wein, Käse, Nüsse, Tiramisu und fuhr nach Hause. Sie wollte etwas Leckeres für den gemeinsamen Abend mit Sven zubereiten. Jetzt, nach dem frühen Feierabend, hatte sie genügend Zeit dafür.

Kapitel 3

Gewöhnlich reiste sie alleine. Bei diesem Trip hatte sie zum ersten Mal ihre Freundin im Schlepptau. Karten für Bahn und Fähre erwarben sie im Internet. Dort buchten sie auch für vier Nächte eine Ferienwohnung. Sie atmeten tief durch, als sie aus dem Zug stiegen und die wenigen Meter vom Bahnsteig zum Anleger liefen. Die frische, salzige Luft roch nach Urlaub. Pünktlich auf die Minute legte die *FRISIA IV* in Norddeich Mole ab. Sie genossen die Überfahrt auf dem Oberdeck. Eine Schar Möwen begleitete das Schiff, das etwa eine Stunde für die Fahrt nach Norderney benötigte.

Emi zückte ihr Smartphone und fotografierte die kreischenden Vögel. Leonie checkte ihre Mails.

IN DEN LETZTEN Monaten war sie viel unterwegs gewesen, teilweise wurden ihre Reisen gesponsert oder sie reiste auf eigene Faust rund um den Globus. Vor vier Jahren hatte sie ihren Blog gestartet. Ihre ersten Artikel handelten von Ausflügen, die sie in ihrer Heimatstadt Köln unternahm. Bald folgten Berichte über Reisen ins europäische Ausland.

Ein Videotagebuch über einen Trip mit einem alten VW-

Bus allein quer durch die USA brachte ihr den Durchbruch. Von heute auf morgen zählte sie über 250.000 Abonnenten bei *YouTube*. Unmengen Follower folgten ihr bei *Instagram*, *Twitter* und *Facebook*. Leonie war plötzlich eine Berühmtheit im Netz. Bis heute stieg die Zahl ihrer Abonnenten bei *YouTube* auf 750.000. Anfragen und Angebote aus Industrie und von Reiseunternehmen überfluteten ihr Mailkonto.

Vor einem Jahr lernte sie bei einem Aufenthalt in Dubai den Münchner Milliardär Markus Stratzleseer kennen. Er fand Interesse an der jungen engagierten Frau und wollte sie für seine Projekte verpflichten. Bei einem erneuten Treffen in Barcelona sollten die Weichen für eine langfristige Zusammenarbeit gestellt werden, doch es verlief anders als geplant. Fast vier Wochen verbrachte sie in einem spanischen Krankenhaus, danach folgten Monate ohne Reisen bis zur vollständigen Genesung. Wochen später erfuhr sie, dass Stratzleseer für eine geschäftliche Angelegenheit nach Norddeutschland käme. Sie wollte ihn zur Rede stellen. Leonie änderte kurzfristig ihren Terminplan. Statt Touren durch Griechenland, Portugal und Italien stand jetzt Ostfriesland auf ihrem Plan.

Stratzleseers Kalender war voll gespickt mit Terminen, sodass Leonie nur ein Termin am späten Abend blieb. Sie war für 22 Uhr auf seine Yacht eingeladen, die mittlerweile im Hafen von Norderney lag.

»Woher kennst du diesen Typen?«, fragte Emi.

»Von einer Touristikmesse in Dubai. Er machte mir damals ein lukratives Angebot. Bei einem weiteren Treffen wollten wir die Details besprechen. Leider kam etwas dazwischen. Ich konnte den Termin in Barcelona nicht wahrnehmen«, flunkerte sie. »Heute Abend hole ich das Gespräch nach.«

»Cool!«, sagte Emi beeindruckt.

»Er übernimmt sämtliche Kosten, die wir haben. Das ist doch geil. Oder? Wir können so Urlaub und Arbeit miteinander verbinden. Unsere Texte schreiben wir im Strandkorb und die Videos für meinen Blog produziere ich, wenn du in den Dünen chillst«, erzählte Leonie euphorisch.

»Ja! Und abends ist Party angesagt«, sagte Emi und lachte. Alles, was sie dafür benötigten, hatten sie dabei: leichte Kleidung, Sonnenbrillen, Laptop und ihre Smartphones.

DIE NEUE ICE-ZUGVERBINDUNG MÜNCHEN/NORDDEICH brachte sie ohne Umsteigen von Köln direkt zur Fähre nach Norderney.

Die Überfahrt empfanden sie als erholsam, zumal ihnen zwei männliche Fans Softdrinks spendierten.

»Manchmal hat es Vorteile«, resümierte Leonie, »wenn man etwas bekannter ist.«

Lachend verließen sie die Fähre.

»Ob wir die Jungs noch einmal wiedersehen?«, fragte Emi.

»Denke schon. Die Insel ist klein. Solche Typen müssen wir uns warm halten.«

»Stehst du auf die?«

»Nein. Aber sie sind spendabel.«

»Würdest du mit denen? Du weißt schon?«, fragte Emi vorsichtig.

»Nein, Emi! Um Himmelswillen nein! Für solche Anlässe suche ich mir einen richtigen Mann.«

Leonie war die Ältere. Sie hatte Erfahrungen mit Männern. Sie erwähnte diese Tatsache des Öfteren, ohne dafür Beweise zu liefern.

Sie standen auf dem großen Platz vor dem »Haus Schiffahrt«, schauten, wie Inselbesucher in die Taxen stiegen oder zu den wartenden Bussen eilten. Nur wenige der ankommenden Reisenden zogen ihre Rollkoffer hinter sich her und liefen zu Fuß in Richtung Ortsmitte.

Leonie und Emi trugen ihr spärliches Gepäck auf dem Rücken in Rucksäcken.

»Komm`, wir fahren mit dem Bus. Ich habe keine Lust, bei dieser Hitze zu Fuß zu gehen«, sagte Emi und lief los.

»Es sind 21 Grad. Das nennst du Hitze? Ich denke, wir fahren lieber Taxi. Mein Sponsor zahlt ohnehin alles.«

»Okay!« Emi nickte und folgte ihrer Freundin.

»Schau mal nach rechts, Emi. Diese riesige Yacht, dort habe ich heute Abend ein Date. Cool oder?«

»Wahnsinn! Der Besitzer muss ja steinreich sein!«

»Klar. Deshalb möchte ich für ihn arbeiten.«

Unerwartet stoppte Leonie ihren Gang, zückte das Smartphone aus der Tasche, hielt es mit ausgestrecktem Arm fest und begann zu reden.

»Hallo Leute. Wie ihr seht, bin ich wieder unterwegs. Nicht wie angekündigt aus dem sonnigen Süden, sondern aus dem hohen Norden. Ja, ihr habt richtig gehört. Ich bin gerade auf Norderney. Meine erste Station wird heute Abend diese Luxus-Yacht sein. Ich habe dort ein Meeting. Seid gespannt! Tschüss! Eure TravelGull23.«

Es störte sie wenig, dass vorbei gehende Personen sie seltsam anschauten. Das Reden auf offener Straße, auf Plätzen oder an besonderen Orten war für sie mittlerweile Routine. Das Studium hatte sie vor drei Jahren geschmissen, um sich voll auf das Leben als Bloggerin zu konzentrieren. Sie war mit Leib und Seele dabei. Mehrmals täglich verfasste sie kurze Videobotschaften, die sie über die sozialen Medien veröffentlichte. Ihre Fangemeinde wuchs Tag für Tag.

»BEEILE DICH, sonst sind alle Fahrzeuge weg und wir können zu Fuß gehen«, rief Emi leicht genervt.

Gerade noch erreichten sie das letzte Taxi, mussten es notgedrungen mit einem Rentner teilen, kamen aber bequem für den halben Preis an ihr Ziel.

Die Ferienwohnung entsprach in etwa Leonies Vorstellungen, während es Emi beim Blick in Wohnzimmer, Küche und Bad die Sprache verschlug.

»In so einer Luxusbude habe ich noch nie übernachtet. Hast du in den Kühlschrank geschaut? Der Vorrat reicht für drei Partys«, jubelte Emi.

Das Appartement verfügte über zwei geräumige Schlafzimmer, eine Küche, ein Bad und ein großes Wohnzimmer mit Essecke. Gelangweilt ging Leonie in ihr Zimmer, zog sich die Schuhe aus und warf sich auf das Bett. Emi folgte mit Chips und Cola. Aufgeregt wie eine Fünfjährige am Geburtstag, stellte sie sich vor das Bett ihrer Freundin.

»Willst du schlafen?«, murmelte Emi mit vollem Mund.

»Nein. Schlafen kann ich später.«

»Und? Was machen wir heute so?«, wollte Emi wissen.

»Wir müssen noch einige Formalitäten erledigen und den Kurbeitrag zahlen. Anschließend möchte ich die Insel kennenlernen.«

»Okay! Was ist mit Strand?«, sagte Emi.

»Strand machen wir morgen, gleich nach dem Frühstück. Morgen soll das Wetter wesentlich besser sein als heute.«

»Die Ferienwohnung bietet Fahrräder zur kostenlosen Nutzung an. Seit der Schulzeit bin ich nicht mehr mit dem Fahrrad gefahren. Ich habe echt Bock auf eine schöne Tour durch die Dünen.«

»Fahrradfahren ist anstrengend«, stöhnte Emi.

»Quatsch. Nicht mit E-Bikes.«

»Okay. Mit E-Bikes bin ich dabei. Ich wollte immer schon so ein Teil ausprobieren. Erkunden wir die Insel. Vorausgesetzt, wir machen ein paar Stopps.«

»Klar, wir nehmen uns ein paar Sachen mit und picknicken irgendwo, wo es schön ist. Außerdem gibt es überall Cafés und Bistros. Verhungern und verdursten werden wir nicht.«

»Wie lange hast du vor zu radeln?«, wollte Emi wissen.

»Spätestens um 19 Uhr müssen wir zurück sein. Heute Abend treffe ich mich mit einem Fotografen. Ein cooler Typ. Er ist Norderneyer. Hier, das ist er«, sagte Leonie und hielt Emi ihr Smartphone vor die Nase.

»Woher kennst du ihn?«, fragte Emi neugierig.

»Vor drei Monaten, nachdem ich einen Artikel über Sylt veröffentlicht hatte, schrieb er mir. Er machte mir den Vorschlag, Ähnliches über Norderney zu verfassen. Er lebt hier auf der Insel und wollte mich bei der Informationsbeschaffung unterstützen. Wenn du Lust hast, komm mit. Vielleicht ist er ja dein Typ.«

»Prinzipiell gerne, allerdings muss ich vorher noch etwas essen, mich duschen und umziehen. Dieser gut aussehende Insulaner soll mich von meiner Schokoladenseite kennenlernen«, sagte Emi und schmunzelte.

»Klar! 20 Uhr treffen wir uns mit ihm. Insofern haben wir noch mindestens sechs Stunden Zeit für Radtour und eine leckere Pizza quattro stagioni«, sagte Leonie und lachte.

»Was ist mit dem Typen, der dich nach Norderney eingeladen hat? Wird der auch anwesend sein?«

»Nein. Der verkehrt in anderen Kreisen. Mit ihm treffe ich mich um 22 Uhr am Hafen. Er will mir ein lukratives Angebot unterbreiten. Ich bin echt gespannt.«

»Soll ich mitkommen?«

»Geht nicht.«

»Wieso? Wir machen doch sonst auch alles zusammen.«

»Er hat ausdrücklich betont, dass er mit mir alleine sprechen möchte. Dieses Angebot ist etwas delikat, wie er sagte. Je weniger du weißt, umso besser.«

»Warum am Hafen? Weshalb nicht im Ort?«

»Weil dieser Typ ein Promi ist. Wenn er sich mit einer Bloggerin trifft, steht das morgen in allen Zeitungen. Das möchte er nicht.«

»Verstehe. Pass bloß auf dich auf.«

»Der Typ hat ein eigenes Security-Unternehmen. Der wird besser bewacht als die Queen von England.«

»Ja, aber ...«

»Falls jemand fragt, erzähle niemandem etwas von diesem Treffen. Du bringst sonst mich und diesen Milliardär in eine prekäre Situation. Der Mann hat Einfluss. Ich könnte alles, was ich mir aufgebaut habe, verlieren. Also halt die Klappe. Okay?«

»Klar, ich kann schweigen wie ein Grab.«

»Gut. Wenn die Sache vorbei ist, werde ich dir alles erzählen. Jetzt erledigen wir noch ein paar Kleinigkeiten und dann fahren wir los. Beeilen wir uns, sonst schaffen wir die Inseltour nicht bis heute Abend.«

Kapitel 4

Mehr als drei Stunden verbrachte Lea in der Küche. Erschöpft setzte sie sich auf einen Küchenstuhl. Kochen empfand sie anstrengender als ihren eigentlichen Job. Durstig leerte sie eine Flasche Bier, die sie aus dem Kühlschrank holte, in einem Zug. Vier Flaschen hatte sie kaltgestellt, jetzt waren es noch drei. Nach getaner Arbeit schmeckte ein Bier besonders gut. Sie schaute zu den Töpfen, die noch leicht köchelnd auf dem Cerankochfeld standen. Die Pfanne musste sie später nur zurück auf den Herd stellen, die fertige Soße hinzufügen und erwärmen. Hatte sie an alles gedacht? Lea war sich sicher, nichts vergessen zu haben. Jetzt fehlte noch der Gast.

DAS GESTRIGE TREFFEN war schön gewesen, nur viel zu kurz. Wehmütig schaute Lea auf ihr Smartphone. Die Fotos, die sie dort sah, hatte sie gestern am Strand gemacht. Sven hatte die verrückte Idee. Ohne lange zu überlegen hatte er sich in einen freien Strandkorb gesetzt. Lea war ihm gefolgt. Kaum dass sie dort saßen, war eine ältere Frau von hinten gekommen. Sie hatte sich Kaffee geholt und missmutig in den besetzten Korb geschaut. Erschrocken waren die zwei zurückgewichen. Breitbeinig hatte die Frau sich vor der Sitzgelegenheit postiert. Laut schimpfend, als hätte sie dort streuende Katzen entdeckt, vertrieb sie dann das lachende Paar von dem windgeschützten Platz.

Lea musste schmunzeln, als sie an die gestrige Situation dachte.

SEHNSÜCHTIG SCHAUTE SIE ZUR UHR. Noch eine halbe Stunde, dann würde er endlich kommen. Sein Lieblingsgericht stand auf dem Ofen, der Tisch war gedeckt und das Dessert vorbereitet. Sie konnte sein Kommen kaum abwarten. Lea setzte sich ins Wohnzimmer und blätterte gedankenverloren in einem Werbeprospekt, den sie vom Einkauf mitgebracht hatte. Immer wieder wanderten ihre Blicke zur Uhr, die neben dem Schrank hing. Wo blieb Sven? Sie nahm ihr Smartphone und schrieb eine Nachricht: »Hallo! Das Essen wird kalt. Ich warte auf dich. Lea.«

SIE TRAFEN sich bei den bronzenen, lebensgroßen Seehund-Skulpturen, die in der Fußgängerzone standen. Ein beliebter Treffpunkt auf der Insel. Er war pünktlich und wie Emi feststellte, sehr gut aussehend.

»Hallo, wie war eure Anreise?«

»Die war gut. Wir waren bereits kurz vor Mittag auf der Insel«, berichtete Leonie.

»Nur unsere heutige Radtour hätte etwas kürzer sein können«, stöhnte Emi.

»Muskelkater?«, fragte er. Grinsend schaute er zu den beiden Frauen, die seltsame Verrenkungen machten, als wären sie in ein Schlammloch getreten.

»Ja und wie! Wir sind den ganzen Nachmittag Rad gefahren. Ich denke, es war zu viel für den Anfang.«

»Das beste Mittel gegen Muskelkater heißt ‚weiter machen'.«

Emi mochte sein Lachen und auch Leonie schien Gefallen an dem Norderneyer Naturburschen zu finden. Sie folgten ihm. Mit großen Schritten steuerte er auf eine Kneipe zu, die nur wenige Meter von den Seehund-Skulpturen entfernt war. Bis kurz nach 21 Uhr saßen sie im *Klabautermann*, einer der bekanntesten Kneipen der Insel, plauderten, tranken Bier und lachten. Leonie bekam das, was sie für ihren Norderney-Artikel benötigte.

»Auf dem Stick sind neben einer Word-Datei noch etwa 140 Fotos von der Insel. Du kannst sie alle verwenden«, sagte Leonies neuer Bekannter. Er reichte ihr den USB-Stick und erhob sich von seinem Platz.

»Willst du schon gehen?«

Verwundert schaute Leonie zu ihrer neuen Bekanntschaft, der seine Jacke nahm und die gemütliche Gesprächsrunde verließ.

»Tut mir leid! Für mich wird es Zeit zu gehen. Morgen früh muss ich sehr zeitig aufstehen. Ich hoffe, wir können das angenehme Gespräch irgendwann fortsetzen.«

»Ja, bestimmt. Danke für das Material. Ich werde deinen Namen in meinem Blog erwähnen«, sagte Leonie. Emi schaute etwas verlegen, als ihr neuer Schwarm sich mit einer Umarmung verabschiedete.

Während der Insulaner aus dem Lokal ging, bat Leonie die Frau am Tresen, ihr ein Taxi zu rufen. Leonie bezahlte die Getränke und verließ das Lokal. Emi stand bereits draußen. Wie immer mit dem Handy in der Hand. Das Beförderungsmittel kam schneller als erwartet. Beide stiegen ein. Nach kaum 15 Minuten Fahrzeit erreichten sie die Ferienwohnung. Emi verließ das Fahrzeug. Leonie blieb im Wagen.

»Das Taxi bringt mich zum Hafen. Ich bin in zwei

Stunden zurück. Bis später«, sagte sie und zog die Tür des Wagens zu.

»Wo soll es hingehen?«, fragte der Taxifahrer mit einem typisch norddeutschen Akzent.

»Fähranleger. Haus Schiffahrt«, erwiderte Leonie in einem sachlich nüchternen Ton.

»Da ist jetzt aber nicht mehr viel los. Eine Fährverbindung werden Sie um diese Zeit nicht mehr bekommen.«

»Ja weiß ich. Ich habe dort eine Verabredung. Wie lange benötigen Sie bis zum Hafen?«

»Etwa 12 Minuten«, erwiderte der Mann am Lenkrad.

Im Taxi hatte sie ihr Make-up aufgefrischt. Ihr Smartphone, das sie als Spiegelersatz nutzte, zeigte 21 Uhr 44 an. Sie war pünktlich.

Um diese Zeit müsste es hier menschenleer sein.

Sie entrichtete den Fahrpreis inklusive eines üppigen Trinkgeldes und verließ das Taxi.

Eine frische Brise streifte ihr Gesicht. Hier, unweit des Wassers, war es deutlich kühler als im Ortskern. Erste Tropfen kündigten die vom Wetterbericht vorhergesagten Regenschauer an. Sie wickelte ihre langen Haare zu einem Dutt zusammen, steckte sie mit einer Klammer hoch und zog die Kapuze ihres Hoodies darüber. Sie schaute sich um. Das »Haus Schiffahrt« und der Fähranleger waren verwaist. Eine Notbeleuchtung verriet, dass sich hier ein imposantes Gebäude für die Abwicklung des Fährbetriebs von und nach Norderney befand. Wo sonst Taxen, Busse, Autos und Fahrräder standen oder fuhren, war nur gähnende Leere. Kein Mensch, kein Tier, nicht einmal eine Möwe war zu sehen.

Sie war dort aus dem Taxi ausgestiegen, wo sonst die Inselbusse hielten. Jetzt schaute sie auf eine große verwaiste Fläche und eine nicht zu übersehende, wundervolle Yacht, die von der Wasserlinie bis zu den Deckaufbauten mit unzähligen LED-Lichtern beleuchtet war. Dort, wo sonst Fähren außerhalb der Saison »pausierten«, lag links vom »Haus Schiffahrt« ihr Ziel. Selten sah man hier im Hafen solch ein imposantes Schiff.

Leonie hatte schon viele Luxusyachten in ihrem Leben gesehen, aber diese gehörte mit zu den Schönsten. Vermutlich würde sie in den Häfen von Dubai, Monaco, Nizza oder Cannes kaum auffallen, aber hier an der ostfriesischen Nordseeküste war sie ein Highlight. Langsam näherte sie sich dem Schiff. Sie wusste, wo sie entlang gehen musste. Der Zugang war am Heck.

Sie steckte die neuen *AirPods* in ihre Gehörgänge und stolzierte Richtung Anleger. In ihrem sportlichen Outfit und ihrem selbstbewussten Gang könnte ein Beobachter vermuten, dass sie zur Besatzung der Megayacht gehörte. Elegant, aber zügig, dennoch damenhaft, lief sie quer über den Vorplatz bis zur Kaimauer, gut 10 Meter vom Bug der markanten *»Sunseeker«* Yacht entfernt, dessen Lichter sich in dem dunklen Wasser spiegelten.

Hier bin ich richtig, dachte sie, als sie den Namen „Theresia II" las. Sie griff in ihre Beuteltasche, die sie lässig über der rechten Schulter trug, und holte ihr Smartphone heraus. Diese *Louis-Vuitton-Tasche* hatte sie sich von ihrem ersten selbst verdienten Geld gekauft. Sie war ihre Immer-dabei-Tasche. Eine schicke, praktische Tasche mit Stil. Heute könnte sie sich Hunderte kaufen.

Mit ausgestrecktem Arm hielt sie das Smartphone in Augenhöhe. Ohne Vorbereitung begann sie zu plaudern, als würde sie sich mit einer imaginären Person unterhalten. Ihre Stimme klang leiser als sonst, aber betont freundlich, fast euphorisch.

»Hallo Leute, ihr werdet es nicht glauben. Ich stehe unweit des Terminals hier im Hafen von Norderney. Es ist 21 Uhr 50. Gleich treffe ich einen sehr interessanten Mann. Ihr kennt ihn aus den Medien. Mehr möchte ich nicht verraten.

Seid gespannt! Ich werde euch auf dem Laufenden halten. Tschüss! Eure TravelGull23.«

Kaum, dass sie den letzten Satz ausgesprochen hatte, fiel ihr Smartphone zu Boden. Ihre Hand hatte sich geöffnet, ohne dass sie es wollte. Die Finger, die gerade noch das schlanke Gerät umfassten, versagten ihren Dienst. Der Schmerz, der urplötzlich wie Feuer in ihrem Schädel brannte, veranlasste sie, den Mund weit zu öffnen. Augenblicklich wollte sie einen Schrei in den wolkenverhangenen Himmel senden, aber die dafür nötige Kraft blieb ihr verwehrt. Ihre Atmung versagte. Der Schrei blieb im Hals stecken. Nur ein Stöhnen, als hätte sie gerade einen viel zu schweren Gegenstand angehoben, kam über ihre Lippen. Die Lichter der Laternen am Yachthafen verschwanden vor ihren Augen. Finsternis umgab sie. Ihr Körper fühlte sich unerwartet butterweich an. Kraftlos fiel sie zu Boden. Den Aufprall auf den harten Beton spürte sie nicht mehr.

Mit dem Gesicht nach unten lag sie auf dem schmutzigen Untergrund, bewegungslos und dennoch ästhetisch. Ihr schlanker Körper ruhte auf dem grauen Beton, als hätte sie sich schlafen gelegt. Ja, sie war eine schöne Frau. Hier, am Rand des Hafenbeckens, neben dem wuchtigen Holzpoller, beleuchtet vom schwachen Licht einer 70 Watt Straßenlaterne, bot sie ein wunderbares Motiv für jeden ambitionierten Fotografen. Kaum ein Profi hätte diese Situation besser inszenieren können als dieser Mensch, der neben ihr stand, es unbewusst getan hatte. Schade, dass in diesem Moment keine Kamera vor Ort war.

Nur wenige Zentimeter trennten Leonies Körper vom Sturz ins kalte Nordseewasser.

Eine Person war ihr unbemerkt gefolgt. Jetzt kniete sie neben ihr. Eilig tastete sie den ruhenden Körper ab. Sie nahm alles an sich, was sie fand und steckte es in die *Louis-Vuitton-Tasche*. Mehrere heftige Fußtritte vollendeten das Werk. Die blutende Frau klatschte in das Hafenbecken und versank, als sich die Textilien mit Wasser vollgesogen hatten. Blasen stiegen auf. Ein leises Glucksen begleitete für Sekunden den Weg der Person, die eilig den Ort des Geschehens verließ und in der Dunkelheit verschwand.

GELANGWEILT SCHALTETE Lea den Fernseher ein. Sie knabberte Nüsse und nippte an einem Glas Rotwein. Die Doku über Elektro-Mobilität brachte wenig Ablenkung. Fortwährend schaute sie zur Uhr. Weshalb meldete Sven sich nicht?

22 Uhr 10. Lea ging zurück in die Küche. Sie leerte ihr Weinglas in der Spüle, räumte den Tisch ab, entsorgte den Inhalt der Töpfe im Abfalleimer, pustete die Kerzen aus und löschte das Licht.

Fast zwei Stunden verbrachte sie danach auf der Couch. Das Handy lag neben ihr. Mehrmals im Abstand von 20 Minuten wählte sie Svens Nummer. Vergeblich. Lea hörte nur die mittlerweile vertraute Stimme der Mailbox.

Was war los? Warum antwortete Sven nicht? Weshalb war er nicht wie verabredet gekommen? Warum konnte sie ihn nicht erreichen? Es war der absolute Horror. Sven hatte sie versetzt.

Kapitel 5

Das schöne Wetter, das die Meteorologen angekündigt hatten, kam mit einem Tag Verspätung. In der Nacht hatte es noch einmal heftig geregnet.

Die ersten Sonnenstrahlen des Tages lockten die Frühaufsteher unter den Feriengästen nach draußen. Sie nutzten die frische Morgenluft für einen ausgedehnten Strandspaziergang, während andere mit dem Fahrrad die Insel erkundeten. Die Luft war klar und nur wenige Wolken zogen über den endlos blauen Himmel. Vor den Cafés der Innenstadt wurden die Sonnenschirme aufgestellt und am Strand versuchten Kinder, bunte Drachen steigen zu lassen. Eltern saßen entspannt in den Strandkörben, starrten auf ihre Handys, lasen Bücher oder dösten in der Morgensonne. Möwen stolzierten im Watt auf der Suche nach Krebsen und nahrhaften Würmern. Immer wieder zankten sie sich um das gefundene Futter.

Fast eine halbe Stunde stand sie nur da und schaute auf das Meer. Es fröstelte sie ein wenig. Sie zog den Reißverschluss bis zum Kragen hoch und holte ihre schwarze Wollmütze aus der Jackentasche. Obwohl es bereits Juni war, erreichten die Temperaturen am Morgen kaum die 10 Grad

Grenze. Dennoch fühlte sie sich hier wohl. Wohler als derzeit zu Hause. Sie atmete tief durch. Genoss die salzige Luft und den weiten Blick. Sie hoffte, hier den Kopf freizubekommen, aber es gelang ihr nicht. Ständig dachte sie an Sven. *Wieso konnte er nicht anrufen und sagen, was Sache war?* Immer wieder schaute sie auf ihr Smartphone. Weder eine Nachricht noch ein Anruf erreichten sie.

War es Wut? War es Trauer? Sie konnte ihre Gefühle nicht einordnen. Ein lautes Lachen holte sie aus ihren trüben Gedanken. Lea schaute sich um. Eng umschlungen lief ein Pärchen an ihr vorbei. Sie redeten, lachten und schienen vergnügt zu sein. Lea verharrte auf der Stelle, bis das Paar, außer Sichtweite war, dann lief sie die Promenade entlang bis zu der Straße, in der ihr Dienstwagen parkte. Noch einmal schaute sie aufs Meer, als wollte sie sich für heute verabschieden, dann lief sie zu ihrem Auto, stieg ein und fuhr zum Büro.

Sabine betrat zeitgleich mit ihr das Gebäude.

»Moin, Lea!«

»Guten Morgen, Sabine.«

Überrascht blickte Lea zu ihrer Mitarbeiterin, die gerade aus dem Auto ihres Freundes stieg. Zusammen gingen sie in das Dienstgebäude.

»Ich dachte, du liegst im Krankenhaus. Wieso bist du schon wieder hier? Wie geht es dir?«

»Ich bin wieder okay. Statt die Wunde am Kopf zu nähen, hat man sie nur geklebt. Zwei Stunden war ich beim Röntgen, dann Blutdruckmessen, EKG, Blutentnahme und das alles mit leerem Magen. Nach der Einlieferung gab es kein Frühstück mehr. Man servierte mir stattdessen ein Glas Wasser. Meine Begeisterung hielt sich in Grenzen. Den ganzen restlichen Vormittag knurrte mein Magen und als endlich das Mittagessen kam, musste ich zum Chefarzt.«

»Das ist üblich im Krankenhaus. Erst die Untersuchungen, dann die Verpflegung. Weshalb bekamst du eine Chefarztbehandlung?«, wollte Lea wissen.

»Keine Ahnung. Vielleicht mochte er mich. Er war nett und hat mich fast eine Stunde lang untersucht. Er war sehr zufrieden mit mir, ich dagegen nahe dem Hungertod. Statt Stullen bekam ich Schmerztabletten und ein großes Pflaster auf meine rechte Pobacke geklebt. Als ich endlich wieder auf mein Zimmer kam, war das Mittagessen abgeräumt, dafür standen Tee und Kekse am Bett. Das Heißgetränk war eiskalt und drei Kekse machen nicht wirklich satt. Erfreulicherweise war ich zum Abendessen wieder zu Hause. Noch ein Tag hätte ich es im Krankenhaus nicht ausgehalten.«

»Keine Bettruhe?«

»Nein! Alles okay. Ich soll in den nächsten Tagen nur auf Handstand und Trampolinspringen verzichten, sagte der Arzt. Eine Krankschreibung habe ich abgelehnt. Was soll ich zu Hause?«

»Ist wirklich alles in Ordnung oder markierst du nur die starke Frau? Das musst du mir gegenüber nicht machen, Biene.«

»Nein, Lea. Es ist wirklich alles in Ordnung. Eine Rippe ist angebrochen und ich habe einige kleine Blutergüsse an der Schulter und am Becken. Nichts Schlimmes. Der Arzt sagte, das heilt von ganz alleine.«

»Das freut mich, Biene. Sei dennoch vorsichtig und schone dich noch ein wenig in den nächsten Tagen.«

»Mache ich, Lea.«

Sie wechselten einige Worte, während Sabine sich um den Kaffee kümmerte. Lea nahm sich den ersten vollen Becher und verschwand in ihrem Büro.

Sie nahm ihr Smartphone und wählte Svens Nummer. Es war wie am gestrigen Abend. Alles, was sie hörte, war die Mailbox. Sie schaute zur Uhr. Es war noch früh am Vormittag. *Sollte sie zu Sven fahren und ihn mit Brötchen und Kaffee überraschen?* Der Gedanke löste bei ihr einen wohligen Schauer aus. Sie stand auf, nahm ihre Jacke, lief zur Tür, hielt aber plötzlich inne.

Was ist, wenn er nicht alleine ist?

Nachdenklich setzte sie sich zurück an ihren Schreibtisch. Der Gedanke, Sven »in flagranti« zu erwischen, ließ sie schaudern.

Kapitel 6

»Herr Bürgermeister, ein Anruf für Sie.«

Die Stimme der Vorzimmerdame, sonst sanft und lieblich, trug etwas Gehetztes, fast Angstvolles in sich.

»Ich bin gerade in einer Sitzung. Das geht jetzt nicht, Frau Wagner. Ist es so wichtig?«

»Ich denke ja.«

Bürgermeister Redenius vernahm die Aufgeregtheit in der Stimme seiner Mitarbeiterin.

»Legen Sie das Gespräch auf den Apparat in meinem Büro.«

Der Bürgermeister entschuldigte sich, verließ seinen Platz und eilte zu seinem Büro.

»STRATZLESEER. Herr Bürgermeister, wir müssen reden!«

»Guten Morgen, Herr Doktor Stratzleseer. Konnten Sie bereits unsere schöne Insel ein wenig kennenlernen?«

»Wollen Sie mich auf den Arm nehmen? Was ist hier los? Der Anleger ist abgeriegelt. Niemand kann die Yacht verlassen. So geht das nicht. Kümmern Sie sich bitte um diese Angelegenheit.«

»Abgeriegelt? Ich verstehe nicht so ganz. Was meinen Sie?«

»Irgendwelche Rettungskräfte halten hier eine Übung ab. Das muss doch nicht sein. Meine Leute wollen ungehindert von Bord gehen. Weshalb werden sie daran gehindert?«

»Das, das ... Ich verstehe.«

»Das hoffe ich.«

»Natürlich, Herr Doktor Stratzleseer. Ich werde mich der Sache annehmen, sobald die Ratssitzung beendet ist.«

»Jetzt, Herr Bürgermeister!« Stratzleseers Stimme wurde lauter.

Bürgermeister Redenius sank immer tiefer in seinen Chefsessel.

»Ja, ja. Natürlich jetzt. Sie können sich auf mich verlassen.«

Redenius legte auf, erhob sich von seinem Platz hinter dem Schreibtisch und lief zum Fenster. Hastig atmete er die frische Luft ein, die durch den offenen Flügel strömte. Mit einem Taschentuch, das er fahrig aus der Hosentasche zog, fuhr er über seine Stirn.

»Auf was habe ich mich da eingelassen?«, seufzte er und schloss das Fenster. »Jetzt nur keine Schwäche zeigen. Erst die Sitzung, dann der Bayer, so sind die Spielregeln in Ostfriesland.«

Redenius verließ seinen Schreibtisch und eilte zurück zum Sitzungszimmer, in dem der Rat tagte.

SEIT LEA in ihrem Büro verschwunden war, herrschte Ruhe im Haus. Nur ein Geräusch, wie von einem defekten Benzinrasenmäher, dröhnte aus der Küche. Einmal in der Woche verrichtete die Spülmaschine ihren Dienst. Es war das lauteste Geräusch, das in diesem Moment an Sabines Ohr drang. Warum die Maschine unüberhörbar war, wusste niemand, vermutlich ein Montagsgerät.

Sabine hasste Momente der Stille. Ruhe war ihrer Meinung nach etwas für Friedhofsgärtner. Ihr Wohlfühlmodus stellte sich ein, wenn das Telefon permanent läutete, Mails den Eingangsordner überfluteten und aus dem Radio Heavy Metal Musik dröhnte.

Nachdem die Spülmaschine mit einem Piepton signalisierte, dass sie ihre Arbeit verrichtet hatte, begab sich Sabine in die Küche. Sie öffnete das Gerät, ließ einen Schwall Wasserdampf entweichen, sperrte das Küchenfenster auf und horchte. Stille. Nichts als Stille. Sie setzte sich auf einen Küchenstuhl und wartete. Warum wusste sie auch nicht. Sie hoffte nur, dass diese Ruhe bald ein Ende haben würde.

Nach drei Minuten erhob sie sich von ihrem Platz und lief besorgt zum Büro ihrer Chefin. Die Tür war verschlossen. Mehrere Minuten verharrte sie dort still, bevor sie vorsichtig fragte:

»Lea! Bist du noch da?«

Nichts. Sie bekam keine Antwort. Sabine hörte weder Papierrascheln, noch vernahm sie das Knarren eines Bürostuhls. Eine ungewöhnliche Stille füllte das Gebäude.

Was war los? Schlief Lea? War sie unbemerkt gegangen? Oder ...?

Sabine klopfte vorsichtig. Anders als sonst wartete sie vor der Tür, bis sie hereingebeten wurde. Sekunden vergingen. Sabine klopfte erneut. Nach gefühlten zehn Minuten hörte sie ein zaghaftes »komm` rein.«

Sie öffnete die Tür. Lea stand regungslos vor dem Fenster und starrte nach draußen.

Kaum dass Sabine den Raum betreten hatte, drehte sie sich um und setzte sich wortlos an ihren Schreibtisch.

»Nach deinem Gesichtsausdruck zu urteilen, könnte ein Sturmtief aufziehen. Was ist los, Lea?«, fragte Sabine.

»Nichts ist los. Wir reden später.«

Lea legte einige unbeschriebene Blätter in einen Ablagekorb. Hastig schob sie einen Becher mit Stiften zur Seite. Mehrere Aktenordner, die vor ihr lagen, verschwanden auf einen leeren Stuhl, was zu einer ungewohnten Ordnung auf ihrem Schreibtisch führte.

Verdutzt schaute Sabine dem seltsamen Treiben ihrer Chefin zu.

»Können wir später reden?«, fragte Lea etwas abwesend.

Sabine fuhr sich durch die wuscheligen Haare, ein Zeichen, dass sie mit der Antwort unzufrieden war. »Hallo Lea, ich bin auch noch da! Was ist passiert? Warum hast du dein fröhliches, ungeschminktes Gesicht zu Hause gelassen?«

»Weil ... Ich kann es dir nicht sagen, Sabine.«

»Quatsch! Du kannst mir alles sagen.«

»Liegt da etwas in der Luft? Was ist los, Lea? Sonst kann dich nichts umhauen. Jetzt mal von Anfang an. Was ist passiert, seitdem du gestern das Büro verlassen hast? Ist dir dein Lottoschein ins Klo gefallen?«

»Nein, Sabine, ich hasse Glücksspiele. Es ist schlimmer.«

»Liebeskummer? Damit hätte ich jetzt nicht gerechnet«, seufzte Sabine.

»Nein, Sabine. Nicht wie du denkst. Ich bin kein Teenie mehr.«

»Sag` schon! Was ist los?«

»Sven hat mich versetzt.«

»Weshalb?«

»Wir wollten bei mir essen. Gestern Abend. Ich hatte alles eingekauft und vorbereitet. Er ist nicht gekommen.

»Und?«, fragte Sabine vorsichtig. »Was hast du gemacht?«

»Ich habe ihn angerufen, auf die Mailbox gesprochen und ihm mehrere Nachrichten gesendet. Die Letzte heute Morgen um 8 Uhr. Er hat bis zum jetzigen Zeitpunkt nicht geantwortet. Sicherlich hat er die Nacht bei einer anderen verbracht.«

»Lea, du reimst dir Sachen zusammen, die vermutlich nicht eingetroffen sind. Vielleicht hat Sven vergessen zu antworten und jetzt schläft er noch.«

»Sag ich doch. Der liegt bei irgendeiner Tussi im Bett und wärmt sich die Füße.«

»Lea, du übertreibst. Glaubst du, dass Sven zu dieser Sorte Mann gehört, die immer zwei oder drei Kondome im Portemonnaie mit sich führt?«

»Weiß ich nicht. Ich habe ein seltsames Gefühl. Heute Morgen traf ich eine gute Bekannte beim Bäcker. Wir haben uns unterhalten. Sie erzählte mir, sie hätte Sven gesehen.«

»Wo? Wann?«

»Gestern Abend gegen 20 Uhr in der Poststraße. Er stand mit zwei jungen Frauen bei den Seehund-Skulpturen.«

»Das muss doch nichts heißen, Lea.«

»Stimmt. Vergessen wir diese Angelegenheit.«

»Okay, dann gehe ich wieder.«

»Was wolltest du von mir?«, fragte Lea.

»Ich wollte nur von dir wissen, wie es dir geht.«

»Du siehst, mir geht´s blendend.«

»Das freut mich«, sagte Sabine und schaute etwas ungläubig zu ihrer Chefin.

»Mir geht es gut. Mach` dir keine Sorgen.«

»Okay, dann gehe ich wieder zurück zu meinem Schreibtisch.«

Lea schaute gebannt auf ihr Smartphone, das vor ihr auf dem Schreibtisch lag.

»Was ist los?«

»Eine Nachricht von Sven. Endlich!«, seufzte Lea sichtlich erleichtert.

»Was schreibt er?«

»Bin nicht erreichbar. Muss etwas Wichtiges erledigen. Melde mich, wenn alles vorbei ist. Sven.«

Verwundert schaute Lea zu ihrer Mitarbeiterin.

»Was hat das zu bedeuten?«

Kapitel 7

Mit den ersten Sonnenstrahlen füllte sich auch die Promenade zwischen Weststrandbar und Milchbar. Menschen joggten oder spazierten gemächlich den befestigten Weg entlang. Viele Ältere saßen auf den Bänken, plauderten oder genossen nur die wärmende Sonne. Wer gute Augen oder ein Fernglas besaß, konnte am Horizont Frachter und Tanker ausmachen. Schiffe, die vermutlich auf dem Weg von Rotterdam nach Bremerhaven oder Hamburg unterwegs waren und die Küstenlinie Ostfrieslands passierten.

DIE FÄHRE, von Norddeich kommend legte pünktlich um 9 Uhr 50 in Norderney an. Die ankommenden Menschen, vorwiegend Feriengäste, ahnten nicht, was vor wenigen Minuten unweit des Terminals im trüben Wasser des Hafens gefunden wurde. Kaum jemand beachtete die Einsatzfahrzeuge von Feuerwehr, Rettungsdienst und Polizei, die in Sichtweite standen. Die zahlreichen Touristen eilten mit ihren Taschen und Koffern von der Fähre kommend zu den wartenden Bussen und Taxen oder spazierten den Deich entlang zu ihren Unterkünften.

. . .

LEA KAM an diesem Morgen nicht zum Arbeiten. Immer wieder musste sie an Sven denken. *Hatte er sie wirklich ...* Sie mochte diesen Gedankenfaden nicht zu Ende spinnen. Sven war ein Grund dafür, dass sie noch immer auf Norderney war.

Ja, sie hatte einen angenehmen Job auf dieser Ferieninsel. Dennoch haderte sie oft mit ihrem Schicksal. Statt Karriere in der Großstadt zu machen, lebte sie am »Arsch der Welt«, wie es ein Kollege vom LKA formulierte. Manchmal war es nicht einfach, hier zu ermitteln. Ihre Kollegen und Vorgesetzten in Aurich legten wenig Wert auf eine Zusammenarbeit. Sie war mehr oder weniger auf sich alleine gestellt. Was Vor- und Nachteile hatte. Wären da nicht die guten Kontakte zum LKA, die Unterstützung durch Polizeihauptmeister Flessner und seine Leute sowie die Hilfe von Sabine Kirsch, dann wäre eine effektive Arbeit nicht denkbar. Sie sollte sich ohnehin aus allen Ermittlungen heraus halten. Wie sagte Doktor Maibach immer wieder: Frau Landgraf, Sie sind für Prävention und Information zuständig, alles andere fällt in die Zuständigkeit der Kripo Aurich.

LANGE STAND sie am Fenster und schaute nach draußen. Auf der Straße fuhr ein älterer Mann vorbei mit eng anliegender Funktionskleidung, überwiegend in Schwarz und nur an den Ärmeln pink abgesetzt. Unvermittelt hielt er an, stieg von seinem Rad und begann lauthals zu schimpfen. Womöglich machte sein Gefährt Probleme. Während er mit der Linken das Fahrrad hielt, fummelte er mit der rechten Hand an den Pedalen. Augenscheinlich funktionierte das Tretlager nicht einwandfrei. Immer wieder hörte Lea sein Fluchen. Selbst bei geschlossenem Fenster konnte sie fast jedes Wort verstehen. Nach kurzem Stopp nahm er das Rad und schob es unter Protest davon. Lea schaute ihm nach, bis er hinter einer Hausecke verschwand.

»Solche Probleme möchte ich haben«, seufzte sie und setzte sich zurück an ihren Schreibtisch.

EIN HEFTIGES KLOPFEN an der Tür riss sie aus ihren Gedanken.

»Hallo, Lea. Ich muss dich kurz stören.«

Sabine betrat ohne Aufforderung den Raum.

»Was gibt es, Biene?«, fragte Lea leise.

»Flessner hat angerufen. Er braucht dich.«

»Weshalb?«

»Hat er nicht gesagt. Du kennst ihn ja. Reden ist nicht seine Stärke. Er sagte, du sollst umgehend zum Hafen kommen.«

»Und? Warum?«

»Zu Details hat er sich nicht geäußert.«

»Sag ihm, dass ich keine Zeit habe.«

»Lea, wenn Flessner anruft und deine Anwesenheit verlangt, dann ist irgendetwas Ungewöhnliches passiert. Es nützt wenig, wenn du dich hier hinter deinem Computer verkriechst und Trübsal bläst. Fahre zum Hafen, das bringt dich auf andere Gedanken.«

»Wenn du meinst, Biene.«

»Ja, das meine ich. Und danach sprichst du mit Sven.«

»Wenn ich ihn erreiche. Der ist sicherlich noch anderweitig beschäftigt.«

»Lea, Sven ist voll in Ordnung, der hintergeht dich nicht.«

»Woher weißt du das?

»In-tu-i-tion.« Sabine betonte fast jeden Buchstaben einzeln.

»Ich wünschte, es wäre so«, stöhnte Lea.

»Hör auf, alles schwarzzumalen. Morgen sieht die Welt wieder besser aus. Glaube mir.«

»Ich bewundere deinen Optimismus nach deinem heftigen Fahrradsturz.«

»So bin ich nun mal. Das sind die guten Gene von meiner Oma.«

Lea musste schmunzeln.

»Gut, dann verlasse ich mich auf deine Intuition. Ich fahre zu Flessner und später versuche ich, Sven zu erreichen.«

Lea nahm Jacke und Autoschlüssel und verließ das Gebäude.

VOM BÜRO bis zum Hafen waren es mit dem Auto kaum 10 Minuten. Der versprochene neue Dienstwagen ließ auf sich warten. Mittlerweile war sie es leid, Doktor Maibach daran zu erinnern. Lea stieg in ihren Smart und fuhr los. Der Kleinwagen erfüllte seinen Zweck, solange man in der Stadt und nicht bei widrigem Wetter unterwegs war. Mittlerweile kannte sie die Insel so gut, dass sie auf das Navi verzichten konnte.

SCHON VON WEITEM fiel ihr das mächtige Schiff auf, das alles überragte. Davor Einsatzwagen von Feuerwehr und Rettungsdienst. Was war dort passiert? Lea parkte ihren Wagen abseits, um die Einsatzwagen nicht zu behindern. Sie stieg aus und lief dort hin, wo bereits ein Dutzend Menschen standen. Flessner war nicht zu übersehen. Wie ein Leuchtturm ragte er aus der Menge heraus.

»Moin, Herr Flessner! Was machen die ganzen Leute hier?«

»Neugierige. Es wird Zeit, dass Lankow diese Gaffer

verscheucht«, sagte Flessner gelassen und reichte Lea die Hand.

»Moin, Frau Landgraf. Wie geht´s?«

»Gut. Nur schlecht geschlafen. Lag am Vollmond.«

Ohne diese Information näher zu kommentieren, drehte Flessner sich um, hielt kurz Ausschau nach seinem Mitarbeiter, um im nächsten Moment lautstark dessen Namen zu rufen.

»Jaaan! Kümmere dich um diese Leute hier. Sperr den Anleger auf dieser Seite ab. Sofort!«, brüllte Flessner. Höchstwahrscheinlich waren jetzt auch die letzten noch schlafenden Feriengäste auf der Insel wach.

Erschrocken fuhr Lankow zusammen, der kaum 20 Meter entfernt stand und mit einem uniformierten Feuerwehrmann sprach. Er reagierte umgehend. Sein verdutzter Gesprächspartner sah nur noch, wie der junge Polizist zu den Schaulustigen eilte und sie vertrieb.

»Gut, das Sie so schnell kommen konnten«, murmelte Flessner.

»Was ist passiert?«, fragte Lea interessiert.

»Ein Hafenarbeiter hat uns am frühen Morgen informiert. Bei ablaufendem Wasser machte er einen unangenehmen Fund. Eine Leiche. Genauer gesagt handelt es sich um eine Frauenleiche.«

»Ertrunken?«

»Wissen wir nicht. Ihre Kleidung hatte sich an einem Stück Metall, das aus der Kaimauer ragte, verfangen, sonst wäre sie mit Sicherheit mit dem ablaufenden Wasser abgetrieben. Wochen später wäre sie irgendwo angespült worden.«

»Haben Sie den Notarzt informiert?«

»Ja, Doktor Kaßmann war bereits hier. Er hat sich nur kurz die Tote angeschaut, den Totenschein ausgestellt und ist gegangen. Wie immer war er sehr in Eile. Laut Kaßmann hat die Frau eine nicht unerhebliche Kopfverletzung, diverse

Abschürfungen an den Händen. Offenbar ist sie gestürzt und ins Wasser gefallen. Kommt immer wieder vor. Die Todesursache könnte Ertrinken sein. Sicher ist sich der Doktor aber nicht.«

»Was ist mit Zeugen?«

»Nur der Hafenarbeiter.«

»Wir müssen nach weiteren Zeugen suchen, Herr Flessner. Sofort. Wir dürfen keine Zeit verlieren.«

»Das geht nicht, Frau Landgraf.«

»Warum nicht, Herr Flessner?«

»Das ist Sache der Kollegen vom Festland. Anordnung von ganz oben. Jeden Moment wird die Kripo aus Aurich eintreffen. Ich bin neuerdings verpflichtet, jeden Vorfall sofort zu melden. Ob Einbruch, Diebstahl oder Todesfall, die Auricher wollen alles wissen. Anscheinend sind die Jungs am Fischteichweg etwas unterfordert.«

»Und weshalb sollte ich mir die Tote anschauen? Das könnten doch die Kollegen aus Aurich übernehmen.«

»Weil Sie hier vor Ort sind, Frau Landgraf, und weil Sie mehr Ahnung haben als diese ganzen Pappnasen vom Festland zusammen.«

Lea, erstaunt über diese Aussage, schaute mit einem Lächeln zu dem altgedienten Polizisten.

»Im Übrigen, Frau Landgraf, das hier ist unser Revier.«

»JAN!«, brüllte Flessner erneut, was zur Folge hatte, dass sein Mitarbeiter im Laufschritt zu ihm eilte.

»Sag`mir sofort Bescheid, wenn die Kollegen vom Festland eintreffen. Verstanden?«

»Ja! Wird gemacht, Chef!«

Jan Lankow eilte davon.

»Haben Sie mit den Leuten auf dieser Yacht gesprochen?«

»Nur kurz. Die haben weder etwas gehört noch gesehen. Die wollten sich auch nicht weiter äußern. Die Mehrzahl der Crewmitglieder spricht ohnehin kein Deutsch.«

»Und der Schiffseigner? Haben Sie mit ihm gesprochen?«

»War nicht möglich. Der Mann will nicht gestört werden. Anscheinend schläft er noch.«

»Seltsam. Was ist das für ein Typ, der eine Anfrage der Polizei ignoriert?«

»Keine Ahnung, Frau Landgraf. Darum sollen sich die Kollegen vom Festland kümmern. Nicht mein Bier.«

»Wo ist die Tote, Herr Flessner?«, fragte Lea und schaute sich um.

»Dort drüben.«

Flessner zeigte mit ausgestrecktem Arm zum Bug der Luxusyacht, wo nur wenige Meter entfernt etwas Graues lag. Davor ein Mann in Uniform.

»Sie müssen sich beeilen. Die Mannschaft aus Aurich kommt neuerdings mit dem Flieger. Ich denke, sie werden in wenigen Minuten hier eintrudeln.«

Flessner lief mit großen Schritten den Anleger entlang. Lea folgte ihm.

»Kommen Sie! Die Tote liegt dort hinten, wo mein Mitarbeiter wie angewurzelt steht. Kein schöner Anblick, wenn Sie mich fragen.«

»Stimmt! Seine Uniform ist mindestens zwei Nummern zu klein.«

Die Tote lag unter einer grauen Kunststoffplane. Davor hatte sich ein Beamter der Schutzpolizei postiert. Er stand dort breitbeinig und mit verschränkten Armen, als wäre er Türsteher vor einem Nachtclub auf der Reeperbahn.

»Entfernen Sie bitte die Plane. Ich möchte mir den Leichnam näher anschauen«, sagte Lea.

Der Polizist schaute fragend zu Flessner. Als dieser kurz mit dem Kopf nickte, entfernte der stämmige Mann die Plane.

»Die Feuerwehr hat sie aus dem Wasser gezogen. Wir haben sie nicht angefasst«, sagte Flessner.

»Sie ist noch jung. Ich schätze die Frau auf Anfang zwanzig. Kennen Sie diese Person, Herr Flessner?«

»Nein. Ich habe keine Ahnung, wer sie ist. Vermutlich eine Urlauberin. Eine Vermissten-Meldung liegt derzeit nicht vor.«

»Sie ist ertrunken!«, sagte Lea.

»Wie? Das können Sie mit einem Blick auf die Leiche feststellen?«

»Ja, Herr Flessner. Das Weiße an Mund und Nase ist ein eindeutiges Indiz dafür, dass die Frau noch lebte, als sie in das Hafenbecken gestoßen wurde. Nach der Beschaffenheit der Haut an ihren Händen lag sie mehr als 6 Stunden und weniger als 36 Stunden im Wasser«, sagte Lea in einem sachlichen Ton.

»Somit ist sie vermutlich hier gestürzt, ins Meer gefallen und ertrunken.«

»Sie ist nicht gestürzt, Herr Flessner. Sehen Sie diese Stelle am Hinterkopf? Wäre sie auf den Boden gefallen, wäre die Verletzung im unteren Bereich des Hinterkopfes. Diese Wunde stammt eindeutig von einem Schlag mit einem Gegenstand.«

Erstaunt schauten die beiden Polizisten zu Lea.

»Hier, sehen Sie das, Herr Flessner?«

Lea zeigte mit dem ausgestreckten Zeigefinger auf die Wunde.

»Das dort ist ein Glassplitter. Er steckt noch in der Wunde. Die Frau ist offenbar mit einer Flasche niedergeschlagen worden. Liegen hier noch mehr Glassplitter?«

»Nicht, dass ich wüsste. Sollen die Auricher suchen. Das gehört nicht zu den Aufgaben der Schutzpolizei«, sagte Flessner.

Lea nahm ihr Smartphone und fotografierte den leblosen

Körper aus verschiedenen Perspektiven sowie das Gesicht der Frau. Kaum dass sie das Gerät zurück in ihre Jackentasche gesteckt hatte, zog sie sich Einweghandschuhe über. Zur Verwunderung des Polizisten begann Lea die Leiche vorsichtig abzutasten.

»Frau Hauptkommissarin Landgraf macht das öfters. Sie kennt sich mit Leichen aus«, erklärte Flessner.

»Wurde etwas bei der Toten gefunden? Handy? Papiere? Tasche?«, fragte Lea.

»Nein, Frau Landgraf. Der Doktor hat sie nur oberflächlich untersucht. Wenn er eine Brieftasche oder Ähnliches entdeckt hätte, wüsste ich es.«

»Nichts. Kein Handy, kein Geld, keine Schlüssel und keine Papiere. Möglicherweise trug sie eine Handtasche mit sich und die liegt jetzt auf dem Grund des Hafenbeckens oder sie wurde gestohlen«, sagte Lea.

Nachdenklich schaute Flessner in das dunkle Wasser.

»Wenn die Tasche dort unten liegt, werden wir sie wohl nicht wiedersehen.«

»Was machen Sie jetzt?«, fragte Flessner neugierig, als Lea den rechten Arm der Toten anhob und den Ärmel zurückschob.

»Ich schaue mir die Unterarme und die Hände an. Manchmal findet man dort Spuren eines Kampfes.«

Gespannt verfolgten Flessner und sein Mitarbeiter, wie Lea nach und nach die Gliedmaßen untersuchte.

»Und, haben Sie etwas entdeckt?«

»Nein, Herr Flessner. Keine Kratzer, nur ein paar Abschürfungen und das hier.«

Lea zeigte auf den linken Unterarm.

»Was soll das sein?«, fragte der Polizeihauptmeister.

»Sie hat sich etwas auf den Unterarm geschrieben. Könnten Zahlen sein. Sie sind kaum noch zu erkennen. Das Salzwasser hat fast alles abgewaschen. Ich werde es fotografieren, das Bild am Computer bearbeiten und mit etwas Glück kann ich die Kritzelei auf einem großen Monitor entziffern.«

»Was erhoffen Sie sich davon, Frau Landgraf?«, fragte der stämmige Polizist.

»Vielleicht die Identität der Toten oder eine Spur zum Täter. Herr Flessner, sorgen Sie bitte dafür, dass die Leiche nach Oldenburg überführt wird. Sie muss zur Rechtsmedizin.«

»OB DIE LEICHE zur Rechtsmedizin kommt, entscheiden nicht Sie!«

Erschrocken drehte Lea sich um und blickte in das Gesicht eines korrekt frisierten und wie aus dem Ei gepellten Mannes. Der etwa vierzigjährige drahtige Typ schaute die Anwesenden verächtlich an.

»Guten Morgen! Kripo Aurich. Mein Name ist Eggers. Hauptkommissar Eggers. Mein Kollege, Herr Fleischmann, ist Ihnen ja bereits bekannt.«

Flessner reichte den Ankömmlingen die Hand.

»Moin! Polizeihauptmeister Flessner. Ich hatte Sie informiert. Das ist Frau Landgraf. Hauptkommissarin Landgraf. Sie ist ....«

»Ich weiß, ihre Aufgabe ist die Beratung von Touristen.«

»Prävention und Information«, verbesserte Lea.

»Egal. Weshalb sind Sie hier vor Ort? Sie wissen, dass dieser Vorfall in den Zuständigkeitsbereich der Kriminalpolizei Aurich fällt. Treten Sie zurück und bleiben Sie hinter der Absperrung, damit wir unsere Arbeit verrichten können. Vermutlich haben Sie sämtliche verwertbare Spuren durch ihr unsachgemäßes Vorgehen bereits zerstört.«

Der Beamte aus Aurich lief mit der Duftwolke eines 90 Euro teuren Rasierwassers an Lea und Flessner vorbei, wie ein Reisender, der den abfahrenden Zug noch erreichen wollte. Urplötzlich stoppte Eggers seinen Lauf, drehte sich um und schaute fragend zu Flessner.

»Wo ist der Zeuge?«

»Welcher Zeuge?«, fragte der Polizeihauptmeister überrascht.

»Irgendjemand hat die Tote doch gefunden, Herr Flessner. Oder?«

»Ja. Der Mann dort drüben. Der Typ in der grauen Arbeitskleidung.«

»Fleischmann! Fleischmann, wo sind Sie?«, rief Eggers seinem Mitarbeiter zu, der sich gerade mit Jan Lankow unterhielt. Beide kannten sich von der Ausbildung bei der Bereitschaftspolizei in Oldenburg.

»Was gibt es, Chef? Ich bin gerade ...«

»Vernehmen Sie den Zeugen dort drüben. Wo bleibt die Spurensicherung?«

»Kommt mit der Fähre. Kann noch ein paar Minuten dauern, bis die hier eintreffen.«

»Sehr gut, Fleischmann. Kümmern Sie sich um den Zeugen. Anschließend befragen Sie die Besatzung von diesem Boot. Eventuell hat jemand etwas gesehen oder gehört.«

»Wird gemacht, Chef.«

»Ich schaue mir die Tote an«, sagte Eggers beiläufig. »Herr Flessner, sorgen Sie dafür, dass wir nicht gestört werden. Hier am Anleger hat außer der Polizei und der Kripo niemand etwas zu suchen.«

»Was ist mit der Crew? Sie möchte von Bord.«

»Diese Leute müssen sich gedulden. Erst wenn Fleischmann alle befragt hat, kann die Besatzung das Boot verlassen. Besorgen Sie mir ein Handtuch. Hier ist ja alles nass. Ich muss mir dringend die Hände abtrocknen. Vielleicht kann uns Frau Hauptkommissarin zwischenzeitlich Kaffee und Brötchen besorgen, während wir uns mit der Leiche beschäftigen.«

Lea war sprachlos. Was bildete sich dieser Schaumschläger ein? Wütend verließ sie den Anleger.

Eggers kniete neben der Toten, während er in sein Smartphone, das er lässig vor seinen Mund hielt, redete. Kaum 10 Minuten später erhob er sich wieder und lief zurück zu Flessner, der mittlerweile wie Lea aus der Distanz das Treiben beobachtete.

»Sobald wir hier fertig sind, kommt die Tote nach Oldenburg in die Rechtsmedizin. Herr Flessner, sorgen Sie dafür, dass die Leiche pünktlich zur Fähre gebracht wird. Ich verlass mich auf Sie«, rief Eggers.

»Geht klar, Herr Eggers«, sagte Flessner, während er einige Schritte auf den Auricher Kommissar zu lief.

»Unser Insel-Bestatter ist bereits unterwegs. Er wird sich um die Überführung zum Festland kümmern. Ich habe bereits mit der Reederei gesprochen und einen Platz auf dem Autodeck reserviert«, sagte Flessner dienstbeflissen.

»Haben Sie mit den Leuten von diesem Boot gesprochen, Herr Flessner? Die müssten doch etwas wissen.«

»Die Besatzung sagt nichts und der Eigner der Yacht ist nicht zu sprechen.«

»Nicht zu sprechen?« Eggers schüttelte den Kopf. »Das werden wir ändern. Fleischmann, gehen Sie an Bord und reden Sie mit jedem, der sich auf dem Boot aufhält. Sofort!«

»Was ist mit diesem Zeugen?«

»Später. Sehen Sie zu, dass Sie unverzüglich an Bord gelangen.«

»Wird gemacht, Chef.«

Fleischmann eilte in Richtung Heck der Megayacht, kam aber unverzüglich zurück.

»Was ist los, Fleischmann?«, fragte Eggers.

»Man lässt mich nicht an Bord.«

»Das werde ich ändern. Ich spreche mit der Staatsanwaltschaft. Bis wir von dort eine Antwort erhalten, wird niemand von Bord gehen. Herr Flessner, Ihre Leute sorgen dafür, dass weder Mann noch Maus das Boot verlassen.«

»Das ist nicht möglich, Herr Eggers. Das hier ist ein freies Land. Solange keine richterliche Anordnung vorliegt, kann ich die Besatzung nicht daran hindern, die Insel zu betreten.«

»Egal. Behalten Sie das Boot im Auge«, hörte Lea den Auricher Kommissar rufen.

»Sie meinen die Yacht.«

»Ja! Sagte ich doch, Herr Flessner.«

Eggers lief zum Fundort der Leiche zurück, wo mittlerweile eine Kriminaltechnikerin aus Aurich eingetroffen war.

»Beeilen Sie sich bitte mit der Spurensicherung. Ich brauche Ergebnisse. Um 15 Uhr muss ich beim Flieger sein.«

Eggers lief den Anleger auf und ab, wie ein Hund, der nach seinem Knochen suchte.

»Herr Flessner, bevor ich die Insel wieder verlasse, möchte ich noch mit der Presse reden. Die Öffentlichkeit muss erfahren, was hier passiert ist. Sie hat ein Recht darauf. Ich denke, wir improvisieren die Pressekonferenz hier am Hafen. Im Hintergrund dieses Boot. Das gibt ein gutes Bild. Mein Büro in Aurich wird die Presse informieren. Viel Zeit bleibt uns nicht.«

Eggers griff zum Handy und telefonierte.

»Herr Flessner, Sie sorgen bitte dafür, dass der Bereich abgesperrt bleibt, bis die Pressekonferenz vorbei ist. Es wäre gut, wenn Sie einige Kaltgetränke besorgen könnten.«

Lea schaute zu Flessner, der gerade nicht wusste, wie er sich verhalten sollte.

»Tschüss, Herr Flessner. Wir telefonieren«, rief Lea und lief zu ihrem Wagen, ohne sich noch einmal umzudrehen. Die Worte, die ihr der Auricher Kollege zurief, ignorierte sie.

. . .

EMI BETRACHTETE DAS KLEINE MESSINGSCHILDCHEN, in dem in verschnörkelter Schrift »privat« eingraviert war.

Zaghaft klopfte sie an die Tür. Kaum dass sie einen Schritt zurückgetreten war, wurde sie von innen geöffnet.

»Moin! Wollen Sie schon wieder abreisen?«

»Nein. Ich habe nur eine Frage«, sagte Emi mit leiser Stimme.

»Ist etwas mit der Ferienwohnung nicht in Ordnung?«, fragte die füllige Vermieterin besorgt.

»Nein. Alles okay«, sagte Emi unsicher. »Haben Sie meine Freundin Leonie gesehen? Ihr Bett ist unbenutzt.«

Die Frau an der Tür schüttelte den Kopf.

»Nee, Kindchen. Bei mir war sie nicht. Gesehen habe ich sie auch nicht, obwohl ich seit 6 Uhr heute Morgen auf den Beinen bin. Vielleicht hat sie bei einem Freund oder einer Freundin übernachtet. Das soll vorkommen.«

»Nein! Leonie macht so etwas nicht.«

»Ich hoffe, es ist ihr nichts passiert. Meine Mitarbeiterin sagte, dass am Hafen ein Großaufgebot an Feuerwehr, Polizei und Rettungsdienst war.«

Emi´s Gesicht wurde kreideweiß.

»Das muss ja nichts heißen, Kindchen. Vielleicht ist da nur ein Motorboot abgesoffen.

»Und wenn doch?«, fragte Emi angsterfüllt. Sie war den Tränen nahe.

»Nee, nee, Kindchen. So schlimm wird es nicht sein. Mach dir keine Sorgen. Deine Freundin wird bald wieder auftauchen. Hier auf Norderney geht niemand verloren.«

»Leonie ist gestern ...«

Emi konnte den Satz nicht vollenden. Flennend warf sie sich in die Arme der alten Dame.

»Beruhige dich, mein Kind. Gehe zur Polizei, die können dir helfen.«

»Ja«, schluchzte Emi, »wissen Sie, wo die Polizeistation ist?«

»Nicht weit von hier. Links kommst du zur Knyphausenstraße. Von dort läufst du rechts bis zu einer bunten Seehundfigur. Kannst du gar nicht übersehen. Dort befindet sich das Dienstgebäude der Polizei.«

»Danke!«

FRÜHSTÜCKEN WOLLTE SIE NICHT. Sie hatte keinen Hunger. Eilig lief sie die Seilerstraße entlang und bog nach 200 Metern in die Knyphausenstraße.

Sie rannte, so schnell sie konnte. Sie spürte Angst. Eine Angst, die sie bei jedem Schritt begleitete. Sollte sie wirklich zur Polizei gehen? Unsicher, ob sie in diesem Moment das Richtige tat, blieb sie vor dem Gebäude stehen. Sie schaute auf das blaue Schild neben der Tür: »Polizei«.

Nachdenklich wanderte ihr Blick über das Zeichen und die sieben Buchstaben. Sollte sie wirklich ...? Emi war sich nicht mehr sicher. *Was hätte Leonie in dieser Situation getan?*

Kapitel 8

Sabine war nicht zu sehen, als Lea den Flur betrat. Aus ihrem Büro drang laute Musik.

Lea musste heftig an den Türrahmen klopfen, bis Sabine ihre Anwesenheit bemerkte.

»Entschuldigung! Ich habe dich nicht kommen gehört. Ich mache die Musik sofort leiser. Möchtest du auch einen Tee?«

»Ein starker Kaffee wäre mir jetzt lieber. Schwarz. Ohne Milch und ohne Zucker.«

»Probleme? Nach deinem Gesichtsausdruck zu urteilen, bist du vermutlich mit einer Wanderdüne kollidiert.«

»Schlimmer.«

Lea lief, ohne ein weiteres Wort zu verlieren, in ihr Büro. Kaum dass sie ihre Jacke ausgezogen, über den Stuhl gehängt und sie sich an ihren Schreibtisch gesetzt hatte, stand Sabine mit einem Becher Kaffee neben ihr.

»Der wird dich wieder aufmuntern.«

»Wie kannst du beim Arbeiten so laute Heavy Metall Musik hören?«, fragte Lea und nahm den dampfenden Kaffeebecher entgegen.

»Ich mache es nur in den Pausen oder beim Aufräumen. Dieser Sound ist perfekt, um für einen Moment abzuschalten.

Für wenige Minuten hole ich mir das »Wacken Open Air« ins Büro. Herrlich.«

»Schade, dass mir das nicht gelingt. Beim Arbeiten stört mich Musik. Tagsüber kann ich ohnehin nicht abschalten. Nicht einmal für eine Minute. Viel zu viele Gedanken und Probleme kreisen durch meine Birne.«

»Hast du es mit Yoga probiert?«

»Nein. Nächste Woche will ich es mit einem ausgedehnten Strandspaziergang versuchen. Das soll den Kopf frei machen.«

»Was wollte Flessner von dir? Weshalb solltest du so eilig zum Hafen kommen?«, fragte Sabine neugierig.

»Nur wenige Meter vom Terminal entfernt, wurde eine Leiche aus dem Wasser gezogen. Identität unbekannt.«

»Mann oder Frau?«

»Eine Frauenleiche. Eine junge Frau. Unter dreißig, etwa 1 Meter 75 groß und sehr schlank.«

»Und? War es ein Unfall?«

»Die Ursache für den Tod der Frau ist noch nicht bekannt. Es deutet aber alles auf ein Tötungsdelikt hin.«

»Könnte es jemand von der Insel gewesen sein?«, fragte Sabine.

Lea holte ihr Smartphone aus der Tasche, während ihre Mitarbeiterin sie fragend anschaute.

»Keine Ahnung.«

»Wie? Das ist alles, was du dazu sagen kannst? Willst du mir nichts erzählen oder kannst du mir nichts erzählen? Ist alles streng geheim?«

»Nein, es ist nichts geheim. Ich bin nur ein wenig genervt. Ein neuer Kollege aus Aurich war vor Ort.«

Sabine setzte sich auf den Besucherstuhl, trank ihren Tee, während Lea sie weiter mit Fragen löcherte.

»Du scheinst von dieser Begegnung nicht sonderlich begeistert zu sein. Wie heißt er?«

»Der Neue heißt Eggers. Karrieretyp. Nicht meine Wellenlänge. Ich hoffe, dass sich unsere Wege nicht allzu oft kreuzen.«

»Ein Neuer? Ich wusste nur, dass Hauptkommissar Jacobs auf eigenen Wunsch die Kripo Aurich verlassen hat. Ich wollte es dir heute Morgen noch erzählen, bin aber irgendwie nicht dazu gekommen. Angeblich hatte Jacobs ein Angebot aus Oldenburg erhalten.«

»Weshalb bekommt Jacobs Jobangebote? Wieso der? Typisch! Frauen wurden wieder einmal nicht berücksichtigt.«

Lea war wütend. Wäre sie alleine im Büro gewesen, wäre mit Sicherheit die Miniaturausgabe des Pilsumer Leuchtturms zu Bruch gegangen. Lea musste sich in Gegenwart ihrer Mitarbeiterin beherrschen.

»Entschuldigung, Lea. Ich wollte nur ... Diese Information habe ich von Fabian Kiefer, dem Mitarbeiter von Doktor Maibach. Staatsanwalt Maibach war von Jacobs Wechsel nach Oldenburg nicht sonderlich begeistert, zumal die vakante Stelle schnell wieder besetzt werden musste. So einen guten Mann wie Jacobs findet man nicht überall.«

»Warum wurde ich nicht gefragt? Ich hätte doch alle Voraussetzungen für diese Position gehabt«, sagte Lea.

»Ja, aber ...«

»Ich weiß, Sabine. Ich bin eine Frau und seit ich Doktor Maibach wiederholt widersprochen habe, bin ich nicht die erste Wahl.«

»Vielleicht liegst du mit dieser Erkenntnis richtig«, sagte Sabine mitfühlend.

»Ich mochte Jacobs. Er war ein sympathischer Kollege. Warum ist Fleischmann nicht Jacobs Nachfolger geworden?«, wollte Lea wissen.

»So wie ich Fabian Kiefer verstanden habe, wollte Doktor Maibach unbedingt einen Mitarbeiter oder eine Mitarbeiterin von außerhalb nach Aurich holen. Insofern kam Dennis Fleischmann nicht in Frage.«

»Ich komme von außerhalb.«

»Nein, Lea. Du kommst von Norderney«, erwiderte Sabine.

»Flessner erzählte, dass dieser Eggers aus Lingen käme und er soll extrem ehrgeizig sein. Karrieretyp mit starken Ellenbogen«, erwiderte Lea.

»Du scheinst diesen Eggers nicht sonderlich zu mögen?«

»Ich habe nur kurz mit ihm gesprochen. Solche Menschen kenne ich zur Genüge aus Hannover. Hoffentlich bleibt dieser Eggers auf dem Festland. Diese Sorte von Kriminalbeamten brauchen wir auf Norderney nicht«, sagte Lea und reichte Sabine ihr Smartphone.

»Auf meinem Smartphone sind Fotos von der Leiche. Kannst du die Bilder auf deinen Rechner laden? Ich hätte gerne einen Ausdruck vom Gesicht der Toten.«

»Kein Problem, mache ich sofort«, sagte Sabine, nahm das Handy und verließ Leas Büro.

»Postkartengröße reicht, Biene«, rief Lea ihr nach.

»Okay!«

Kaum fünf Minuten später stand Sabine wieder vor Leas Schreibtisch und gab ihr das Handy zurück.

»Schon fertig?«, fragte Lea erstaunt.

»Ja, es waren nur 43 Bilder. Hier ist der Ausdruck vom Gesicht der Toten.«

VERWUNDERT SCHAUTE Lea auf ihr Smartphone, das urplötzlich einen Signalton von sich gab.

»Mist!«, rief sie laut, »ich habe den Termin beim Bürgermeister vergessen.«

»Was für ein Termin?«

»Keine Ahnung. Redenius hat mir vor Tagen ein

Pamphlet in die Hand gedrückt. Irgendwas im Conversationshaus. Meeting, Besprechung oder so. Ich weiß nichts Genaueres.«

»Wann hast du den Termin?«, fragte Sabine.

»In 15 Minuten. Wie sehe ich aus?«

»Gut, wie immer«, sagte Sabine beiläufig.

»Ich will aber nicht wie immer aussehen!«, erwiderte Lea.

Eilig lief sie zur Toilette, schaute kurz in den Spiegel, bürstete ihren blonden Haarschopf, nahm ein Haarband aus der Hosentasche, fuhr mit der linken Hand durchs Haar und band die Haare zu einem Pferdeschwanz zusammen.

»Hast du ein Deo oder ein Parfüm für mich?«, rief Lea durch den Flur.

Sabine kam im Laufschritt mit ihrer Handtasche in den Händen angerannt.

»Zum Umziehen fehlt mir die Zeit.«

Lea wählte aus Sabines Kosmetikvorrat eine winzige Flasche mit einem silbernen Verschluss aus.

»Das ist zufällig das teuerste Parfüm, das ich besitze. Ich benutze es immer nur dann, wenn ich eine Verabredung habe.«

»Was sagt dein Freund dazu?«

»Er mag das Parfüm.«

»Sabine, ich muss mehr über die Frau vom Hafen wissen. Recherchiere bitte im Internet. Vielleicht kann dir dein Computer sagen, wer diese Tote ist.«

»Weshalb soll ich das machen? Ich dachte, die Kollegen aus Aurich ermitteln in diesem Fall.«

»Neugier, Sabine. Reine Neugier.«

»Okay. Ich werde es versuchen«, sagte Sabine und verließ Leas Büro.

Nur wenige Minuten später hallte Sabines Stimme durch die Räume.

»Lea! Kannst du kurz kommen? Ich habe was für dich«, rief sie.

»Ich habe wenig Zeit. Hast du etwas entdeckt?«

»Ich habe kurz recherchiert und dabei zufällig diese Person im Netz entdeckt. Die Ähnlichkeit zum Opfer vom Hafen ist frappierend. Für mich besteht kein Zweifel. Die Tote vom Fähranleger ist diese Person aus dem Internet.«

»Was ist das für eine Frau?«, wollte Lea wissen.

»Die Frau heißt Leonie Famula, kommt aus Köln, ist Bloggerin und nennt sich TravelGull23«

»Was wollte sie auf Norderney? Urlaub machen?«, fragte Lea.

»Nein, Lea. Vermutlich wollte sie über Norderney berichten. Sie ist, ich meine, sie war Reisebloggerin. Und jetzt halte dich fest. Hier ist ein aktuelles Video auf ihrem Blog. Es wurde einige Stunden vor ihrem Tod hochgeladen.«

Sabine startete mit einem Mausklick den 15-Sekunden-Clip.

Gespannt verfolgten beide das Video.

Es zeigte eine junge Frau, die in der Mittagssonne draußen stand. Sie redete, als würde sie mit jemandem persönlich sprechen.

»Das ist das Opfer vom Hafen«, sagte Lea, »genau das ist sie. Eine hübsche junge Frau.«

Gespannt sah sie sich den kleinen Film an.

»Die Aufnahme muss mittags am Hafen entstanden sein«, bemerkte Sabine.

»Es scheint so, als wollte sie noch weitere Videos hochladen.«

»Dazu ist sie wohl nicht mehr gekommen.«

»Wenn wir das Smartphone hätten, wüssten wir mehr. Vielleicht ist sogar der Täter auf einem der weiteren Videos zu sehen.«

. . .

EMI BETRAT das Polizeigebäude an der Knyhausenstraße 7. Es war das erste Mal in ihrem Leben, dass sie ein solches Dienstgebäude betrat. Polizeistationen kannte sie nur aus dem Fernsehen. Im Flur, der wenig einladend wirkte, standen zwei einfache Holzstühle, an der Wand hing ein älteres, ausgeblichenes Informationsplakat. Es roch nach Reinigungsmittel.

Ein Beamter, der am Schreibtisch saß und mit zwei Fingern auf eine Tastatur hämmerte, erhob sich von seinem Platz und schaute sie freundlich an.

»Moin, kann ich Ihnen helfen?«

Emi stellte sich vor den hölzernen Tresen und schaute den Beamten an, als hätte sie die Frage nicht verstanden.

»Kann ich Ihnen helfen?«, wiederholte der Polizist seine Frage.

»Ja, ja. Meine Freundin ist verschwunden.« Die Stimme von Emi vibrierte wie eine Klaviersaite.

»Wie ist bitte Ihr Name?«

»Sie heißt Leonie und sie ist gestern nicht zurück in die Ferienwohnung gekommen.«

»Ich meine, wie heißen Sie? Ich hätte gerne Ihren Namen erfahren.«

»Emi. Ich heiße Emi Kunze und komme aus Köln.«

»Kann ich Ihren Personalausweis sehen?«

Emi reichte dem Beamten das gewünschte Dokument.

Er notierte die persönlichen Daten und gab den Ausweis zurück.

»Wie alt ist Ihre Freundin und seit wann wird sie vermisst?«

»Leonie ist 24 und ich vermisse sie seit heute Morgen. Ihr Bett war leer. Unbenutzt«, sagte Emi zögerlich.

»Jetzt ist es Mittag. Es ist möglich, dass Ihre Freundin mit einer zufälligen Bekanntschaft die Nacht verbracht hat. Sicherlich ist sie mittlerweile wieder in der Ferienwohnung oder genießt einen heißen Tee in einem Café. Wollen Sie mit

Ihrer Vermissten-Meldung nicht doch noch ein paar Tage warten?«

»Nein, nein. Sie verstehen mich falsch. Meine Freundin ist verschwunden. Sie ist nicht der Typ, der schnell neue Bekanntschaften schließt. Sie ist sehr speziell. Ihr muss etwas zugestoßen sein«, sagte Emi energisch.

»Was heißt speziell?«, fragte der Beamte.

»Sie ist Bloggerin. Wenn Sie verstehen, was ich meine.«

»Ja. Natürlich. Ich habe eine Tochter in Ihrem Alter. Sie verbringt viel zu viel Zeit vor dem Computer.«

»Leonie hat zigtausend Follower, aber wenige wahre Freunde. Seit der Schulzeit sind wir befreundet. Gegenüber anderen Menschen ist sie skeptisch und zurückhaltend. Sie ist viel unterwegs, dennoch kennt sie die Welt in erster Linie von ihrem Smartphone. Persönliche Kontakte meidet sie. Immer in Angst, man könnte ihre Popularität zu ihrem Nachteil ausnutzen. Deshalb geht sie Menschen grundsätzlich aus dem Weg. Insofern können Sie eine neue Bekanntschaft definitiv ausschließen.«

»Aus welchem Grund sollte ihre Freundin verschwunden sein? Sie ist doch alt genug. Sie könnte in einer Kneipe sitzen oder bereits mit einer Fähre zum Festland gefahren sein.«

»Sie ist verschwunden. Leonie ist gestern am späten Abend mit einem Taxi zum Hafen gefahren. Ohne Gepäck und ohne Jacke. Sie wollte dort etwas erledigen. Möglicherweise ging es um einen neuen Beitrag für ihren Blog. Seit 22 Uhr gestern Abend ist sie nicht mehr erreichbar.«

»Haben Sie bereits etwas unternommen?«, fragte der Beamte freundlich.

»Ich habe mit unserer Vermieterin gesprochen. Sie hat meine Freundin weder gestern Abend noch heute Morgen gesehen. Leonie ist verschwunden.«

»Machen Sie sich keine Sorgen. Ihre Freundin wird mit Sicherheit bald wieder auftauchen.«

»Wie kommen Sie dazu, mir so etwas zu sagen? Wissen Sie etwas über meine Freundin? Ist sie hier?«

»Nein! Ich spreche aus Erfahrung. Wir haben regelmäßig solche Meldungen. Besonders im Sommer. Sie glauben gar nicht, wie viele Touristen hier in der Urlaubszeit auf der Matte stehen, weil sie ihren Partner, ihre Kinder oder ihre Schwiegermutter vermissen. Bislang war am nächsten Tag die Welt wieder in Ordnung. Viele Menschen, die als vermisst gemeldet werden, wollen einfach nur ein paar Stunden für sich sein.«

»Nicht Leonie. Sie wollte heute mit mir frühstücken und später mit mir zum Strand. Sie ist immer zuverlässig und bespricht alles mit mir. Jeden ihrer Schritte.«

»Das glaube ich Ihnen. Dennoch gibt es immer wieder Ausnahmen. Wollen Sie wirklich eine Vermisstenanzeige aufgeben?«

»Ja, natürlich! Deshalb bin ich hier.«

»Gut, warten Sie bitte einen Moment.«

Der Polizist lief zu einem grauen Aktenschrank, öffnete ihn, holte ein Formular mit zwei Durchschlägen heraus und legte es auf den Tresen.

»Das müssen Sie ausfüllen.«

Sorgsam schrieb Emi alle geforderten Angaben, Daten und Fakten auf das hellgraue Papier.

»Was passiert jetzt? Wann beginnen Sie mit der Suche?«

»Noch kann ich keine Suche einleiten. Es sind noch nicht einmal 24 Stunden vergangen, seit Sie Ihre Freundin vermissen.«

Der Beamte überflog die Angaben.

»Sie müssen eine Suchaktion in die Wege leiten! Sofort!«, sagte Emi.

»Geduld. So schnell geht das nicht. Für eine groß angelegte Suchaktion benötige ich die Zustimmung der Staatsanwaltschaft. Übrigens, Sie müssen hier noch unterschreiben.«

Der Mann hinter dem Tresen zeigte mit ausgestrecktem Zeigefinger auf den unteren Bereich des Formulars.

»Und jetzt?« Fragend schaute Emi zu dem Polizisten.

»Jetzt heißt es Warten. Die Anzeige wird noch heute in unser System eingegeben. Alle Dienststellen im Land können auf diese Meldung zugreifen. Mit ein wenig Glück bekommen wir in den nächsten Tagen Hinweise, wo sich Ihre Freundin aufhalten könnte.«

»Wie? Das ist alles? Sie suchen meine Freundin nicht?«

»Nur, wenn Gefahr für Leib oder Leben besteht, erfolgt eine sofortige Fahndung.«

»Aber die besteht doch!«

»Sie haben im Formular eingetragen, dass Ihre Freundin weder orientierungslos noch dringend auf Medikamente angewiesen ist. Ich denke, mit 24 Jahren wird sie in der Lage sein, allein zurück zur Ferienwohnung zu finden.«

»Was ist, wenn sie überfallen wurde?«

»Ich verstehe, dass Sie sich Sorgen machen, aber wer sollte Ihre Freundin überfallen? Norderney ist eine beschauliche Insel. Wir sind hier nicht an der Copacabana.«

»Wollen Sie wirklich nichts unternehmen?«

»Ich habe doch schon etwas unternommen. Ihre Vermisstenanzeige ist erfasst. Mehr können wir im Moment nicht machen. Gehen Sie zurück zu Ihrer Ferienwohnung. Vielleicht sitzt Ihre Freundin bereits auf dem Sofa und wartet auf Sie. Sollte sie bis nächste Woche tatsächlich nicht auftauchen, wovon ich nicht ausgehe, kommen Sie noch einmal vorbei und dann schauen wir, ob wir eine Fahndung einleiten können. Tschüss und einen schönen Tag.«

Emi verließ weinend die Polizeidienststelle. Was sollte sie jetzt machen?

. . .

POLIZEIHAUPTMEISTER FLESSNER BETRAT das Dienstgebäude gerade in dem Moment, als die junge Frau schniefend und mit gesenktem Kopf das Gebäude verließ.

»WAS WOLLTE DAS JUNGE DING?«, brummte Flessner.

»Nichts Besonderes. Sie vermisst ihre Freundin.«

»Holen Sie sie sofort zurück!«, brüllte Flessner. Erschrocken schaute der 57-Jährige zu seinem Vorgesetzten.

»Warum, Chef?«

Kapitel 9

Wie immer, wenn sie in der Nähe des Kurplatzes einen Termin wahrnehmen musste, parkte sie ihr Auto neben dem Bade:haus. Ein mehr oder weniger unbefestigter Platz, der von der Weststrandstraße gut zu erreichen war.

Verwundert schaute Lea nach links und rechts. Selten parkten hier derartig viele Autos. Wo sonst nur grauer Schotter, ein paar Grasbüschel und jede Menge Schlaglöcher zu sehen waren, standen jetzt große dunkle Limousinen. Bis auf den letzten Quadratmeter war die Fläche mit Fahrzeugen zugeparkt. Dabei hatte die Urlaubssaison noch gar nicht begonnen. Gab es dafür einen Grund?

Was ist hier los? Lea, wendete ihren Smart und fuhr rückwärts zwischen zwei riesige schwarze Fahrzeuge mit Stern.

Gut, wenn man einen Kleinwagen sein Eigen nennen darf. Sie mogelte sich in die winzige Lücke. Ihr Auto stand etwas quer und passte farblich nicht zu den übrigen Fahrzeugen, was aber letztendlich egal war. Bevor Sie ihren Dienstwagen verließ, legte sie einen Zettel »Kriminalpolizei im Einsatz« vor die Windschutzscheibe. Das Dokument befand sich immer im Handschuhfach ihres Gefährts.

Sie nahm die Einladungskarte, die auf dem Beifahrersitz

lag, und lief zwischen den Gebäuden entlang ihrem Ziel entgegen. Nach wenigen Metern stand sie zwischen Bade:haus zur Linken und Conversationshaus zur Rechten auf dem großzügig angelegten Kurplatz.

Die Sonne hatte sich bereits früh am Morgen gegen die wenigen dunklen Wolken am Himmel durchgesetzt und ließ jetzt die weißen Bauten im hellen Licht erstrahlen. *Postkartenidylle*, dachte Lea und eilte zum Conversationshaus, in dem das Treffen mit dem Bürgermeister stattfinden sollte. Sie hatte sich verspätet, das war ihr bewusst, dennoch ließ sie sich nicht hetzen. Gewöhnlich fiel ihr Blick als Erstes auf die Konzertmuschel. Dort, wo an manchen Tagen zahllose Musikliebhaber den Darbietungen nationaler und internationaler Künstler lauschten, herrschte an diesem Vormittag Leere. Alle Stühle waren verwaist. Nur wenige Touristen bummelten über die schmalen Wege oder pausierten auf einer der Bänke, die längsseits der Wege standen. Grund war eine lautstarke Gruppe, die unweit des Eingangs zum Conversationshaus stand, die auch Lea sofort bemerkte. Wo sonst Gäste ihre Rollkoffer und Reisetaschen parkten, grölte jetzt eine bunte Truppe. Einige hielten Schilder und Transparente in den Händen, während andere mit mitgebrachten Trommeln und Trillerpfeifen einen höllischen Lärm verursachten. Immer wieder riefen sie Parolen, die vermutlich den Menschen im Gebäude galten.

Lea lief schnurstracks zur Treppe, die zum Eingang des Conversationshauses führte.

Unvermittelt blieb sie vor der ersten Stufe stehen und betrachtete die schreienden Demonstranten, die von zwei Männern in Schwarz am Zutritt zum Gebäude gehindert wurden. Es schienen keine Chaoten zu sein. Lea sah einfache, normale Bürger, die ihren Unmut kundtaten. Den Texten der Transparente und Schilder zufolge, ging es um ein Bauprojekt auf der Insel. Genaueres konnte Lea nicht deuten. Sollte der

Bürgermeister aufgerüttelt werden? War es ein Protest gegen seine Politik?

Ein paar Fotos könnten die Unterredung mit dem Bürgermeister etwas würzen. Lea, nahm ihr Smartphone und hielt es in Richtung der Demonstranten. Kaum, dass sie ihr Gerät wieder eingesteckt hatte, kamen zwei Personen wutentbrannt auf sie zu gelaufen. Lea blieb stehen. Weglaufen würde diese Menschen nur unnötig provozieren. Eine Frau kam auf Lea zu und schrie sie empört an: »Gehören Sie auch zu diesen Verbrechern?«

»Nein. Natürlich nicht. Ich weiß ...«

Hastig zog Lea ihren Dienstausweis aus der Tasche.

»Ich bin von der Kriminalpolizei. Lassen Sie mich bitte durch. Ich muss in das Gebäude.«

Die zwei Frauen wichen erschrocken zurück. Schnurstracks lief Lea an ihnen vorbei, die Stufen empor zum Eingang des Conversationshauses.

Links und rechts des Einganges standen schwarze Korbsessel mit kleinen Tischen, die bei schönem Wetter oft mit Gästen besetzt waren. Heute saß dort niemand. Regungslos und mit einem Blick, der so manche zur Umkehr animiert hätte, stand ein weiterer Typ breitbeinig neben dem Eingang. Er trug schwarze Kleidung, derbes Schuhwerk und schaute skeptisch zu der jungen Kommissarin, als diese forsch an ihm vorbei in das Gebäude huschte.

Lea kannte das Conversationshaus nur von außen und aus ihrem Norderneyführer. Dort hatte sie gelesen, dass dieses beeindruckende Gebäude zu den ältesten Bauwerken auf der Insel zählte. Es wurde laut Reiseführer im Jahr 1799 gebaut und galt damals schon als Zentrum des gesellschaftlichen Lebens.

Lea wusste von dem Service, der hier für Einheimische und Touristen geboten wurde. Sabine hatte ihr davon erzählt.

Hier gab es neben einem Café und einer Bibliothek auch mehrere Veranstaltungsräume.

Gleich vorne im Eingangsbereich schaute Lea zu einer offenen Tür. Unweigerlich wurde sie von den bunten und verspielten Dingen, die dort präsentiert wurden, angezogen. Gerne hätte sie den kleinen Laden betreten, um nach einem Mitbringsel für ihre Freundin Stella zu stöbern. Leider reichte die Zeit nicht.

In der großen Halle, gleich hinter der nächsten Tür, befand sich die Tourist-Information. Hier konnte sich der Gast informieren, Karten für Veranstaltungen erwerben oder Informationsmaterial über die Insel bekommen. Der Raum, Orangerie genannt, wirkte dank eines großzügigen Glasdaches hell und freundlich. Im Kurpalais, unweit der Tourist-Info, saßen mehrere Personen auf gemütlichen Sofas, tranken Tee, lasen Zeitung oder plauderten.

Trotz der vielfältigen Angebote war Lea noch nie in diesem Gebäude gewesen. Warum gerade hier das Treffen mit Redenius stattfinden sollte, war ihr ein Rätsel.

Lea lief zur Tourist-Information und fragte, wo sie Bürgermeister Redenius finden könnte. Eine freundliche junge Frau zeigte ihr den Weg zum großen Saal. Lea war etwas verwundert, hatte sie doch gedacht, dass Bürgermeister Redenius sie nur zu einem Kaffeeplausch einladen wollte. *Warum wurde sie jetzt zum großen Saal geführt? Warum standen überall Sicherheitsleute?* Statt lange zu überlegen, folgte sie der jungen Frau, die mit großen Schritten vorauseilte.

Lea war von den Socken, als sie den festlich hergerichteten Saal betrat. Ein imposanter Raum mit großen Fenstern, einer hohen Decke und riesigen Gemälden an der Wand. Die Bilder zeigten überwiegend maritime Motive. Von der Decke hingen große Kronleuchter im Retro-Look. Besonders auffällig waren die langen, schweren Vorhänge vor den Fenstern. Am Ende des Saals, etwas erhöht, befand sich eine Bühne. Groß genug für eine Band oder ein kleines Orchester. So einen imposanten Saal hatte Lea hier nicht erwartet.

Wo war der Bürgermeister? Was sollte sie hier?

Verwundert schaute sie sich um, als sie die zahlreichen, gut gekleideten Menschen sah. Sie trugen vermutlich dem Anlass entsprechend dunkle Anzüge mit schlichten Krawatten und blank geputzten Schuhen. Überall standen Männer in kleinen Grüppchen von drei bis fünf Personen und plauderten. Sie hielten Sektgläser, vorwiegend in der linken Hand, während die Rechte lässig in der Hosentasche steckte. Ihre ernsten Mienen deuteten darauf hin, dass hier tief greifende Gespräche geführt wurden.

Die wenigen weiblichen Personen zeigten sich überwiegend in schwarzen Chiffon-, Jersey- oder Etuikleidern. Nur wenige trugen einen dunklen Blazer mit Rock oder Hose. Lea trug Lederjacke, blaue Jeans und weiße Sneaker.

Der Grund für die Einladung war ein Empfang mit Vertretern aus Wirtschaft, Politik und Presse. Details standen auf der Einladungskarte, die Lea nicht gelesen hatte. Sie hatte die Karte nur überflogen, Datum und Uhrzeit notiert und die Einladung nach dem Erhalt im Auto liegen gelassen.

Jetzt stand sie etwas perplex in der Tür zum Saal, während andere chic gekleidet an ihr vorbei liefen. Eigenartig, dass sie unter der Vielzahl der Gäste sofort vom Bürgermeister entdeckt wurde. Kaum dass Udo Redenius die junge Hauptkommissarin erblickt hatte, winkte er sie von Weitem zu sich. Lea nahm sich ein Glas Orangensaft, das auf einem Stehtisch neben dem Eingang zum Saal stand und folgte der Aufforderung.

»MOIN, Frau Landgraf. Was war heute Morgen im Hafen los? Ich konnte Flessner nicht erreichen. Wissen Sie etwas?«

»Eine Frauenleiche wurde gefunden. Sie lag im Wasser, direkt am Anleger.«

»Unfall? Ertrunken?«

»Die Angelegenheit wird von den Kollegen aus Aurich bearbeitet. Sprechen Sie mit Hauptkommissar Eggers, der kann Ihnen mehr dazu sagen.«

»Eggers? Diesen Namen hat Carsten am Telefon erwähnt. Ich meine, Staatsanwalt Doktor Maibach sprach von einer Neubesetzung der vakanten Stelle in Aurich. Schade, dass Sie nicht zum Zuge gekommen sind, Frau Landgraf. Sie wären doch wie geschaffen gewesen für diese Position.«

»Es scheitert wie immer an der Frauenquote. Außerdem, warum sollte ich Norderney verlassen?«

»Ja, ja, das ist ...«

Redenius schaute auf seine Uhr, die er am linken Handgelenk trug.

»Reden Sie bitte nicht in Gegenwart der Gäste von diesem Vorfall am Hafen. Hier sind heute nicht nur Vertreter verschiedener Ministerien zugegen, sondern auch einflussreiche Persönlichkeiten aus Wirtschaft, Kultur und Gesellschaft. Für Norderney steht am heutigen Tag einiges auf dem Spiel. Diese Tote kommt mir daher sehr ungelegen. Die Gäste sollen sich hier wohlfühlen. Da passen Polizeieinsätze und Wasserleichen nicht ins Bild.«

»Draußen sah ich eine Menschenansammlung. Vermutlich eine Protestveranstaltung. Wissen Sie, was diese Demonstranten wollen?«, fragte Lea vorsichtig.

»Ich muss gleich eine Rede halten. Vorher möchte ich Ihnen noch einen besonderen Gast vorstellen.«

Redenius ignorierte Leas Frage, schaute erneut auf die Uhr, um im gleichen Moment einen mehrfach zusammen gefalteten Zettel aus seiner Sakkotasche zu ziehen. Gedankenversunken überflog er die handgeschriebene Notiz, bevor diese nach wenigen Sekunden wieder in der Innentasche verschwand. Lea beobachtete, wie sich kleine Tröpfchen auf Redenius Stirn bildeten.

»Sehen Sie den Mann dort drüben? Der Herr mit der goldgelben Krawatte?«

Redenius Hand zitterte leicht, als er mit ausgestrecktem Zeigefinger zu einer Gruppe von Personen zeigte, die fast mittig im Raum stand. Sie redeten angeregt, gestikulierten und lachten süffisant. Ein großgewachsener, sportlicher Mann im maßgeschneiderten Anzug, der sich souverän mit drei wohlbeleibten männlichen Gesprächspartnern unterhielt, schaute kurz mit einem höflichen Lächeln zu Redenius. Redenius nickte verlegen.

»Meinen Sie diese *Brad-Pitt-Imitation* im schwarzen Anzug?«, erwiderte Lea.

»Frau Landgraf, ich muss schon sehr bitten. Dieser Herr dort drüben ist Doktor Stratzleseer. Er ist eine angesehene Persönlichkeit aus der Finanzwelt. Er müsste Ihnen doch bekannt sein.«

»Gewöhnlich vergesse ich kein Gesicht. Nur dieser Typ ist mir weder beim LKA noch in einem anderen Zusammenhang aufgefallen. Ist er vorbestraft?«

»Um Himmels willen, nein! Frau Landgraf, ein wenig mehr Taktgefühl wäre jetzt Ihrerseits angebracht.«

»Woher sollte ich diesen Typen kennen?«, fragte Lea.

»Er müsste Ihnen auf jeden Fall aus den Medien bekannt sein. Es gibt kaum eine Talkshow im deutschen Fernsehen, in der dieser Mann noch nicht war. Mit vielen Prominenten und Politikern ist er persönlich bekannt. Er duzt sogar unseren Wirtschaftsminister.«

»Wer macht das nicht?«

»Frau Landgraf, bleiben Sie bitte sachlich«, ermahnte Redenius seine Gesprächspartnerin.

»Und? Wer soll das jetzt sein?«

»Doktor Stratzleseer ist Investor. Er kommt aus München

und ist einer der erfolgreichsten Finanziers Deutschlands. Wir sind bereits seit Längerem mit ihm im Gespräch. Deshalb auch dieser Empfang. Wussten Sie das nicht? Sie haben doch eine Einladung bekommen.«

»Ich habe sie nur überflogen«, sagte Lea.

»Sie sollten die Post aus dem Rathaus sorgfältiger lesen. Das hat durchaus Vorteile, Frau Landgraf«, reagierte Redenius vorwurfsvoll.

»Wollen Sie diesem Investor etwa mit Sekt und Häppchen das Geld aus der Tasche ziehen?«

»Natürlich geht es um Investitionen. Wir benötigen dringend private Mittel. Bund und Land haben uns den Geldhahn zugedreht, dabei müssten wir dringend investieren. Mittlerweile sollten Sie Norderney kennen. Die Gäste kommen in Scharen. Mehr als 3,7 Millionen Übernachtungen waren es im letzten Jahr. Was uns fehlt, sind Übernachtungsmöglichkeiten, vorwiegend im gehobenen Segment.«

»Und Sie glauben, dass dieser blasierte Typ hier für Sie Hotels baut?«

»Ich glaube es nicht nur, ich weiß es. Natürlich spielen die Rahmenbedingungen eine Rolle. Deshalb war es mir ein Anliegen, dass Sie heute hier sind. Einiges konnte ich seitens der Politik bereits klären. Sie, Frau Landgraf, repräsentieren die Kriminalpolizei. Ihre Person steht neben der von Herrn Flessner, für Sicherheit und Vertrauen auf der Insel. Flessner ließ sich entschuldigen. Er ist leider verhindert.«

»Sicherheit und Vertrauen klingen gut«, bemerkte Lea mit einem ironischen Unterton.

»Obwohl? Wenn ich mir Sie so anschaue, Frau Landgraf«, Redenius runzelte die Stirn, »sollten Sie an Ihrem Image etwas arbeiten.«

»Das meinen Sie doch nicht im Ernst?«

»Was wollte ich sagen?«

»Sie sprachen von Sicherheit und Vertrauen.«

»Genau. Eine geringe Kriminalitätsrate sowie ein intaktes soziales Umfeld sind für Investoren entscheidende Faktoren. Mit Ihrer Anwesenheit möchte ich signalisieren, das Norderney Vorreiter in Sachen Prävention ist. Insofern sollten Sie Informationen über Leichenfunde, Einbrüche und Diebstähle in Gegenwart unseres Investors besser für sich behalten. Sorgen Sie mit dafür, Frau Landgraf, dass Doktor Stratzleseer Norderney positiv in Erinnerung behält.«

»Natürlich, Herr Bürgermeister. Sofern es sich einrichten lässt, werde ich meine Arbeit im Verborgenen fortführen und über alles Stillschweigen bewahren.«

»Sehr gut! Solange Herr Doktor Stratzleseer Gast unserer schönen Insel ist, möchte ich weder etwas über Wasserleichen noch andere Straftaten lesen oder hören. Ich hoffe, ich habe mich klar ausgedrückt, Frau Landgraf. Doktor Maibach sieht das genauso.«

»Ist er anwesend?«

»Wer?«

»Doktor Maibach?«, fragte Lea.

»Nein. Leider nicht. Dringende Termine.«

»Nur zu Ihrer Information«, sagte Lea leise, »in diesen Minuten führt Hauptkommissar Eggers eine Pressekonferenz durch.«

»Wo?« Entsetzt schaute Redenius zu der jungen Kommissarin.

»Hier auf Norderney. Im Hafen.«

»Sind Sie sicher?«

»Ganz sicher«, betonte Lea, »ich habe heute Morgen mit ihm gesprochen. Er war mit seinem Mitarbeiter am Fundort der Leiche.«

»Moment, das geht zu weit. Diese Aktion muss ich sofort stoppen.«

Redenius griff hastig in die Tasche seines Sakkos und zog ein älteres NOKIA-Handy heraus, bewegte sich ein paar

Schritte weg von den Gästen, drückte mehrere Tasten seines Gerätes und begann relativ laut zu sprechen. Die umstehenden Personen bemerkten, dass der Gastgeber eine wichtige Konversation führte, und entfernten sich, als hätte Redenius die Pocken.

»Moin, Carsten! Gut, dass ich dich erreiche«, sagte Redenius erregt, aber betont freundschaftlich.

»Du musst sofort etwas unternehmen. Hier wurde eine Leiche gefunden und dein neuer Mann plant eine Pressekonferenz. So etwas kann ich zum jetzigen Zeitpunkt nicht gebrauchen. Du weißt, dass der Investor derzeit auf Norderney weilt. Solange ich die Sache nicht in trockenen Tüchern habe, kann ich keine negative Presse gebrauchen.«

Redenius nickte mehrmals. Scheinbar hatte Doktor Maibach sein Anliegen verstanden.

»Danke, Carsten. Tschüss. Wir sehen uns Samstag beim Golfturnier«, hörte Lea ihn sagen, bevor Redenius mit einem breiten Grinsen das Telefonat beendete.

Entspannter als zuvor kam Redenius wieder auf die junge Hauptkommissarin zu.

»Ich habe mit dem Staatsanwalt gesprochen. Doktor Maibach ist ganz meiner Meinung. Er kümmert sich um diese Angelegenheit und pfeift seinen neuen Mitarbeiter umgehend zurück.«

Lea schaute wieder zu den Gästen. Ein sanftes Lächeln umspielte ihren Mund.

Redenius Augen richteten sich erneut auf den Ehrengast, der etwa fünf Meter entfernt verweilte.

»Kommen Sie, Frau Landgraf, ich stelle Sie unserem Investor vor. Übrigens, wir haben ein wundervolles Buffet anrichten lassen. Ich werde es in wenigen Minuten mit einer Rede eröffnen. Weder das gute Essen, noch meine Ansprache sollten Sie sich nicht entgehen lassen. Lachs, Muscheln, Krabben und sogar Räucheraal aus Bad Zwischenahn finden

Sie dort drüben auf den Tischen. Alles vom Feinsten. Meine Rede hat ähnlich gute Zutaten«, schmunzelte Redenius.

Lea hatte das Gefühl, als würde sie die Blicke auf sich ziehen, während sie Bürgermeister Redenius durch die Reihen der Gäste folgte. Redenius grinste fortwährend, als hätte man ihm Ecstasy verabreicht. Immer wieder schüttelte er Hände, sprach belanglose Worte oder legte seine breite Pranke freundschaftlich auf die Schulter männlicher Gäste. Seine Gesten wurden mit einem aufgesetzten Lächeln erwidert, was Redenius beflügelte, sich noch mehr anzubiedern.

»MOMENT, Frau Landgraf, wir sollten kurz warten. Unser Gast spricht gerade mit Vertretern der Landesregierung.«

»Ist es nötig, dass wir warten?«, wollte Lea wissen.

»Es gehört zum guten Ton. Wichtige Gespräche sollte man nicht unterbrechen.«

»Wie wissen Sie, dass dort gerade etwas Wichtiges besprochen wird? Vielleicht unterhalten sie sich über ihren letzten Bordellbesuch«, scherzte Lea.

Redenius antwortete nicht. Er nutzte die Zeit, um sich mit anderen Gästen links und rechts von ihm zu unterhalten. Lea beobachtete derweil den Investor aus München.

Doktor Stratzleseer stand, umringt von Anzugträgern im feinen schwarzen Zwirn, fast mittig im Raum. Er präsentierte sich als eine kultivierte Persönlichkeit. Die Konversation mit Politikern und Personen aus Wirtschaft und Gesellschaft schienen ihm vertraut zu sein. Er redete, hörte zu, lachte und verstand es, mit geschliffener Wortwahl seine Gesprächspartner zu beeindrucken. Mit Zahlen, Fakten und humorvollen Anekdoten zog er seine Zuhörer in den Bann. Sie lauschten ihm, als stände der Messias leibhaftig vor ihnen. So wie er sich hier präsentierte, schien er ein Macher, ein Visionär und ein Weltmensch zu sein, der sich auf diesem

Parkett zwischen Politikern und Wirtschaftsbossen sichtlich wohlfühlte.

Lea konnte nicht alles verstehen, was Doktor Stratzleseer sagte. Er wechselte zwischen leisen und lauten Tönen, gestikulierte, flüsterte und schmunzelte. Manchmal zog er die dunklen Augenbrauen hoch, wenn ein Zuhörer seine Argumente infrage stellte, was bei seinen Gesprächspartnern für Verwirrung sorgte. Er genoss die Ratlosigkeit der anderen. Doktor Stratzleseer war mehr als ein wortgewandter Investor. Lea sah in ihm einen Entertainer, einen Schauspieler und einen Blender. Seine Gesprächspartner hatten keine Chance, ihre Gegenargumente und Einwände zielsicher zu platzieren. Doktor Stratzleseer hatte die Situation im Griff. Es schien, als würde er sie alle manipulieren.

Urplötzlich beendete er das Gespräch. Zufrieden, dass er die verbale Schlacht gewonnen hatte, nippte er an seinem Sektglas. Redenius bemerkte, wie die Gesprächspartner die Feuerlinie verließen, und schoss wie ein Fuchs bei der Kaninchenjagd auf den Investor zu.

»Darf ich Ihnen Frau Landgraf vorstellen?«, fragte Redenius weichgespült.

Charmant begrüßte der Angesprochene Lea.

Der Bürgermeister stellte sie als Hauptkommissarin vor, die, vom LKA kommend, jetzt für die Prävention auf der Insel zuständig war. Die Souveränität, die noch wenige Sekunden diesen Weltmenschen umgab, entschwand urplötzlich wie ein Kanarienvogel bei offenem Fenster. Der bislang so selbstsichere Investor trat unbewusst einen Schritt zurück. Insbesondere die drei Buchstaben »LKA« schienen ihn nachdenklich zu stimmen. Jedenfalls benahm er sich wie ein Kind, das man beim Griff in die Schublade mit Süßigkeiten erwischt hatte. Der smarte Münchner schaute gedankenvoll, fast besorgt auf die lässig gekleidete Kripo-Beamtin, die nur eine halbe Armlänge von ihm entfernt stand. Redenius reagierte umgehend.

»Frau Landgraf ist nur für die Information auf der Insel zuständig. Sie berät unsere Feriengäste und Vermieter. Sonst nichts. Strafzettel verteilen andere.«

Beide Herren lachten herzhaft.

»Besuchen Sie mich auf meiner Yacht. Sie liegt im Hafen. »Theresia II«

»Das ist Ihr Schiff?«, fragte Lea erstaunt.

»Kennen Sie es?«

»Ja. Nein. Ich habe es heute Morgen ... Entschuldigung, ich muss jetzt weiter. Termine. War schön, Sie kennengelernt zu haben. Auf Ihre Einladung komme ich mit Sicherheit zurück.«

Lea hatte genug von diesen Förmlichkeiten. Sie verabschiedete sich und entfernte sich von Redenius und seinem besonderen Gast.

ÜBERRASCHEND KAM Unruhe im Saal auf. Männer schimpften, Frauen schrien und Gläser fielen mit klirrendem Geräusch zu Boden.

Etwas Rundliches flog an Leas Augen vorbei, rötlich und groß wie ein Tennisball. Ein Aufschrei des Entsetzens folgte. Eine füllige Frau, Ende fünfzig, die unmittelbar neben Doktor Stratzleseer stand, ließ ihr Glas fallen, schaute mit weit aufgerissenen Augen auf ihre üppige Oberweite und sank langsam zu Boden.

»Ich blute!«, schrie sie. »Hilfe! Ich blute!«

Mehrere Anwesende eilten der Frau zur Hilfe, die leichenblass am Boden lag.

Lea schaute sich um. Sie sah wie eine Person, die gerade noch vor Doktor Stratzleseer gestanden hatte, sich hastig entfernte und zum Ausgang lief. War es ein Anschlag?

Doktor Stratzleseer hatte es besonders getroffen. Gesicht und Oberkörper waren mit einer roten, zähflüssigen Substanz bedeckt.

»Notarzt! Wir brauchen einen Notarzt!«, schrie Bürgermeister Redenius.

Lea ging auf Redenius zu.

»Beruhigen Sie sich, Herr Bürgermeister. Das war nur ein Farbbeutel.«

»Wie? Wer war das? Wo ist das Sicherheitspersonal? Wie konnte das passieren?«

Völlig verwirrt schaute Redenius um sich.

»Tun Sie was, Frau Landgraf. Tun Sie was!«

Lea lief zu Doktor Stratzleseer, der mit diversen Servietten versuchte, sein Gesicht zu reinigen.

»Geht es Ihnen gut, Herr Doktor Stratzleseer?«, fragte sie.

»Ja! Halb so schlimm. Ist nur Farbe. Mir ist nichts passiert. Ich denke, ich werde mich vor dem Gang zum Buffet umziehen müssen.«

»Ich muss mich entschuldigen, Herr Doktor.« Besorgt redete Redenius auf den Mann ein, dessen Gesicht vom Haaransatz bis zum Kinn farbverschmiert war.

»Wie konnte das passieren?«, fragte der Unternehmer.

»Das frage ich mich auch, Herr Doktor. Ich weiß auch nicht, wie das geschehen konnte. Es tut mir unendlich leid.«

Mehrere bullig aussehende Männer setzten sich urplötzlich in Bewegung und rannten in Richtung Ausgang.

»Ich werde mich der Sache annehmen«, sagte Lea und ließ Bürgermeister Redenius mit dem Investor alleine. Mittlerweile hatte sich eine Traube von Menschen versammelt, die überwiegend auf die Frau starrten, die noch immer am Boden lag und wehleidig klagte.

»Es ist kein Blut«, versuchte ein herbeigerufener Sanitäter, sie zu beruhigen, »Ihnen ist nichts passiert. Das ist nur rote Farbe. Setzen Sie sich auf diesen Stuhl, ruhen Sie sich ein wenig aus und trinken Sie viel Wasser, dann geht es Ihnen bald wieder besser.«

Der Sanitäter ließ die Frau alleine und ging auf Doktor Stratzleseer zu.

»Sind Sie verletzt?«

»Nein. Alles okay.«

Währenddessen lief Lea ohne Hast zum Ausgang. Sie wusste, wie sie den Täter oder die Täterin fassen konnte. Statt aufgeregt, planlos und wild durch Räume und Gänge zu jagen, wie es die Mitarbeiter vom Sicherheitsdienst taten, folgte Lea den Farbklecksen auf dem Fußboden. Der Attentäter oder die Attentäterin hatte eine deutliche Spur hinterlassen und diese Spur führte geradewegs in die Damentoilette.

EINE FRUCHTIG BLUMIGE Parfümnote drang an ihre Nase, als sie den Toilettenraum betrat.

Hier riecht es wie in der Kosmetikabteilung eines Kaufhauses. Lea stellte sich wartend hinter mehrere schwatzende und gackernde Frauen. Alle über fünfzig, betrachteten sich minutenlang im Spiegel und zogen dabei seltsame Grimassen. Lea wartete geduldig. Während einige sich die Hände wuschen, trugen andere Rouge auf oder versuchten mit einem Lipliner, die Kontur ihrer Lippen zu betonen. Nach einer gefühlten Viertelstunde verließen die Frauen unter wieherndem Gelächter den gekachelten Raum. Der Ursprung für diese überschäumende Freude blieb ihr verborgen. Lea seufzte erleichtert, als die Tür ins Schloss fiel und Ruhe einkehrte. Endlich konnte sie sich in der Damentoilette umschauen.

Sie horchte. Es war still. Es war sehr still in diesem Toilettenraum. Nur die Schritte und Stimmen draußen vor der Tür waren schwach zu hören. Lea blieb regungslos stehen und lauschte. Sie hörte ein Atmen. Ein heftiges Atmen. Ein Atmen wie bei ihrer Freundin Stella, wenn sie wieder einmal in letzter Sekunde versuchte, die Straßenbahn zu erreichen.

Alle Türen der Toiletten standen offen, nur eine war verschlossen.

»Hallo, ich höre Sie«, sagte Lea laut und vernehmlich. »Sie haben vor wenigen Minuten einen Anschlag verübt. Ich möchte mit Ihnen reden. Kommen Sie bitte heraus! Mein Name ist Lea Landgraf. Ich bin von der Kriminalpolizei. Sollten Sie meiner Aufforderung nicht Folge leisten, werde ich umgehend Verstärkung anfordern. Sie werden dann von der Polizei aus der Toilette gezerrt, in Handschellen abgeführt und Sie erwartet einige unangenehme Stunden in der Arrestzelle. Wollen Sie das?«

Lea hörte Geräusche. Ein Schloss knackte und knirschte. Mit einem Laut, als würde man den Deckel einer alten Holztruhe mit rostigen Scharnieren aufklappen, öffnete sich langsam die Tür zu der WC-Kabine. Lea war überrascht. Vor ihr stand eine zierliche, kaum 1,70 Meter große junge Frau mit kastanienbraunen schulterlangen Haaren und blassem, fast weißem Teint.

»Drehen Sie sich um. Hände an die Wand.«

Die junge Frau gehorchte. Lea tastete sie von oben bis unten ab, fand ein Smartphone und eine Geldbörse.

»Wer sind Sie? Was sollte diese Aktion? Gehören Sie zu den Demonstranten?«, fragte Lea mit einem energischen Tonfall.

»Ich sage nichts!«, erwiderte die junge Frau.

»Gut. Wie Sie wollen.«

Lea nahm ihr Handy und wählte eine Nummer aus dem Adressbuch.

»Hallo! Lea Landgraf. Schicken Sie bitte eine Streife zum Conversationshaus. Eine junge Frau hat einen Anschlag auf einen Gast verübt. Sie müssen sie in Gewahrsam nehmen, bis der Staatsanwalt alles Weitere veranlasst hat.«

Erschrocken verfolgte die junge Frau das Gespräch.

»Was passiert jetzt mit mir? Kann ich nach Hause gehen?«

»Nein. Ich habe Ihnen die Chance gegeben zu kooperieren. Jetzt übernimmt der Staatsanwalt. Sollte das Opfer Anzeige erstatten, müssen Sie mit einer harten Strafe rechnen. Was Sie gemacht haben, war kein Kinder-Streich.«

Die junge Frau begann zu weinen. Tränen rannen über ihre Wangen.

»Ich, ich ...«, stammelte sie.

»Zeigen Sie mir bitte Ihren Ausweis!«

»Der ist in meiner Geldbörse.«

Lea nahm das Dokument, fotografierte es, bevor sie der jungen Frau alles zurückgab.

»Sie haben meine Frage nicht beantwortet!«

»Ja! Ich gehöre zu den Demonstranten. Was wir tun, ist notwendig. Dieser geplante Hotelkomplex mit 15 Stockwerken würde die ganze Insel verschandeln. So ein Bauvorhaben muss verhindert werden.«

»Und ein Farbbeutelanschlag ist dafür das richtige Mittel?«, fragte Lea.

»Wir brauchen Aufmerksamkeit und dafür muss man einiges riskieren.«

»Gewalt statt Argumente. Ist das die Lösung?«

»Ich sehe das nicht als ein Akt der Gewalt. Für uns und insbesondere für mich war es eine Performance.«

»Hoffentlich sieht es der Staatsanwalt auch so. Ich wünsche Ihnen viel Glück.«

»Lassen Sie mich bitte gehen«, flehte die junge Frau.

»Das ist nicht möglich. Sie haben eine Straftat verübt.«

»Es war doch nur ... Bitte, nicht die Polizei. Lassen Sie mich gehen.«

»Warum sollte ich das tun?«, fragte Lea.

»Ich kann Ihnen etwas über das tote Mädchen sagen.«

»Was können Sie?«, fragte Lea erstaunt.

»Ich habe Informationen, die Sie wahrscheinlich interessieren könnten.«

»Raus mit der Sprache! Was wissen Sie?« Lea wurde lauter.

»Ich sage es Ihnen nur unter einer Bedingung.«

»Sie sind nicht in der Position, Bedingungen zu stellen. Reden Sie oder Sie bekommen noch mehr Probleme.«

Die Frau schwieg, starrte zu Boden und tat so, als wäre Lea nicht mehr anwesend.

»Was soll dieser Unsinn, junge Frau? Wollen Sie die Ermittlungen behindern?«

»Nein. Sie sind gar nicht zuständig. Die Kripo Aurich hat das Sagen. Nicht Sie! Ich muss Ihnen nichts erzählen.«

»Was wissen Sie? Ich brauche Fakten und Namen!« Lea wurde lauter.

»Ich gebe Ihnen ein Stichwort.«

»Was für ein Stichwort? Wir sind hier nicht in einer Vorabend-Quizshow im deutschen Fernsehen.«

»Barcelona!«

»Was soll ich mit diesem Namen anfangen?«, fragte Lea genervt.

»Finden Sie es heraus.«

»Das ist alles? Für diese spärlichen Informationen soll ich Sie laufen lassen?«

»Mehr kann ich Ihnen nicht sagen.«

»Weshalb nicht?«

Ängstlich schaute die junge Frau Lea an.

»Erzählen Sie bitte niemandem, dass ich Ihnen das gesagt habe.«

»Was gesagt?«

»Ich möchte nicht die Nächste sein, die man aus dem Hafen fischt.«

»Was reden Sie da?«

Argwöhnisch blickte sie zur Tür.

»Ich muss hier weg.«

»Okay. Ich lasse Sie gehen. Vorher berichten Sie mir aber, was Sie wissen.«

»Was ist mit der Polizei?«

Lea nahm ihr Smartphone und wählte erneut eine Nummer.

»Hallo Sabine. Fehlalarm. Hier ist alles in Ordnung. Ich benötige keine Verstärkung.«

»Was jetzt?«, fragte die Attentäterin.

»Ich lasse Sie für heute laufen unter der Bedingung, dass Sie sich innerhalb der nächsten zwei Tage bei der Polizeidienststelle Norderney melden und eine Aussage machen.«

Fluchtartig verließ sie die Damentoilette, rempelte gegen Personen, die im Gang standen, rannte kopflos an laut schimpfenden Menschen vorbei und verschwand überstürzt aus dem Gebäude.

LEA INFORMIERTE DEN BÜRGERMEISTER, der sich gerade auf den Weg machte, seine Rede zu halten. Doktor Stratzleseer war nicht mehr zu sehen, augenscheinlich hatte er den Saal bereits verlassen.

Während Redenius in blumigen Worten die Insel beschrieb, schaute Lea sich in dem großen Raum um. Sie versuchte unter den fast 70 anwesenden Gästen, ihren Freund ausfindig zu machen. Gewöhnlich war Sven bei ähnlichen Anlässen präsent. Als freier Journalist ließ er sich solche Veranstaltungen nicht entgehen. Sie konnte ihn nirgends entdecken.

Während Bürgermeister Redenius mit großen Gesten die Gäste unterhielt, lief Lea durch den Saal, traf Insulaner, die sie kannte, wechselte einige Worte, um danach ihre Suche fortzusetzen. Irgendwann, Redenius kam gerade auf das Buffet zu sprechen, hatte sie die Lokalität mehrmals durchquert.

Sven liebt gutes Essen. Sicherlich werde ich ihn dort treffen. Lea eilte in den hinteren Bereich des Saals, wo die Küchencrew hektisch das Buffet vorbereitete. Ihren Freund sah sie dort nicht.

Lea nahm sich ein Lachsbrötchen, verließ den Saal und lief zum Empfang, an dem das Personal Flyer über das geplante Hotelprojekt an die Gäste verteilte.

»Entschuldigung«, sagte sie mit vollem Mund. Die Frau an der Rezeption betrachtete Lea verwundert, während sie ihren Dienstausweis mit der linken Hand in der rechten Tasche suchte.

»Ich hätte gerne eine Auskunft.«

Lea zog mit zwei Fingern den Dienstausweis aus der Jacke und übergab ihn der Frau hinter dem Tresen. Die junge Mitarbeiterin der Kurverwaltung rümpfte die Nase, als ihr das mit einem Fettfleck behaftete Dokument gereicht wurde.

»Polizei?«, fragte sie verblüfft.

»Nein. Ich bin von der Kripo und war gerade im großen Saal. Dort gab es, wie Sie vielleicht wissen, einen Anschlag. Gibt es eine Gästeliste von dieser Veranstaltung?«

»Natürlich. Weshalb?«, fragte sie schnippisch.

»Vertraulich. Kann ich Ihnen nicht sagen. Nur Bürgermeister Redenius und ich sind involviert. Könnten Sie mir eine Kopie der Liste erstellen?«

»Ja. Selbstverständlich.«

Die Mitarbeiterin hinter dem Tresen reichte den Dienstausweis, den sie ebenfalls mit zwei Fingern hielt, an Lea zurück. Ohne zu zögern, nahm sie eine graue Mappe, die vor ihr lag, verließ die Rezeption und verschwand in einem Nebenraum.

Nur wenige Minuten später kam sie zurück, reichte Lea die gewünschten Kopien, verabschiedete die Kommissarin, bevor sie sich dem Anliegen einer Frau mit Kinderwagen widmete.

Lea nahm die Liste und verließ das Conversationshaus.

»MOMENT, Frau ..., Frau Hauptkommissarin. Ich muss mit Ihnen reden!«

Lea erinnerte sich an diese Stimme, obgleich sie die Person in diesem Moment nicht sah, war ihr dennoch sofort klar, wer sie dort rief. Aus der Menge der Demonstranten trat Hauptkommissar Eggers hervor.

Lea blieb stehen, während der Ankömmling mit großen Schritten auf sie zu kam.

»Gehören Sie jetzt zu den Gegnern des geplanten Hotelneubaus?«, fragte Lea mit einem ironischen Unterton.

»Nein! Nein! Ich bin zufällig zwischen diese Chaoten geraten. Eigentlich wollte ich zu dem Eigentümer von diesem Boot. Irgend so ein Neureicher aus München. Er soll zurzeit hier im Conversationshaus bei einem Meeting verweilen. Kennen Sie diesen Mann?«

»Flüchtig. Vor wenigen Minuten war er noch im Saal. Nach dem Anschlag ist er verschwunden«, sagte Lea beiläufig.

»Anschlag? Was für ein Anschlag?«

Erstaunt schaute Eggers sie an.

»Wissen Sie nichts davon, Herr Eggers?«, sagte Lea vorwurfsvoll.

»Nein. Was ist passiert? Weshalb wurde ich nicht informiert?«

»Eine junge Frau hat Doktor Stratzleseer, so heißt übrigens der Neureiche, mit einem Farbbeutel attackiert. Dieser Vorfall fällt doch in Ihren Zuständigkeitsbereich.«

»Ja. Nein. Ich wollte ... Wo finde ich diesen Doktor Stratz ...?«, fragte Eggers verwirrt.

»Fragen Sie Bürgermeister Redenius. Er ist auch im großen Saal.«

»Im großen Saal? Wo ist der große Saal?«

»Treppe hoch durch die große Tür und dann immer geradeaus. Weshalb wollten Sie Doktor Stratzleseer sprechen?«

»Ich muss ihn befragen, bevor ich zurück aufs Festland fliege. Die Tote wurde in der Nähe seines Bootes gefunden.«

»Viel Glück, Herr Eggers. Übrigens, ohne Einladungskarte kommen Sie nicht in den großen Saal. Nehmen Sie meine, dann können Sie sich mit etwas Glück noch am Buffet stärken.«

Lea reichte dem verdutzten Hauptkommissar ihre Einladungskarte.

»Ich habe einen Dienstausweis!«

»In den Saal und an das Buffet dürfen nur geladene Gäste.«

»Haben Sie Doktor Maibach informiert?«

»Worüber informiert?« Lea schaute fragend zu Eggers, der die Stufen zum Eingang empor schritt.

»Ich musste meine Pressekonferenz absagen. Doktor Maibach rief mich vor einer Stunde an. Er war sehr ungehalten.«

»Mit dem Staatsanwalt habe ich nicht gesprochen. Die letzten zwei Stunden war ich hier auf dieser Veranstaltung«, sagte Lea.

»Entschuldigung. Ich dachte, Sie hätten ...«

»Nein!«

»Okay! Auf Wiedersehen, Frau ...?«

»Landgraf. Lea Landgraf.«

Kapitel 10

Was war mit Flessner los? Nachdenklich schaute der Beamte zu seinem Vorgesetzten.

»Soll ich die Frau wirklich zurückholen, Chef?«, fragte er ungläubig.

»Ja! Sofort!«

»Gibt es dafür einen besonderen Grund?«

»Weil ich es sage und weil wir heute Morgen eine Leiche aus dem Hafenbecken gefischt haben. Beeile dich. Die jungen Dinger sind schneller zu Fuß als du mit dem Fahrrad. Wann hast du dich zum letzten Mal sportlich betätigt? Bierflaschen stemmen zählt nicht.«

»Ich? Ich bin gut in Form, Chef.«

»Das sieht man. Zeig, was du noch drauf hast. Komm` mir nicht ohne die Frau zurück, sonst gibt es ein Donnerwetter.«

Eilig rannte der Bedienstete nach draußen. Die Zeugin war bereits außer Sichtweite. Am Kaiser-Wilhelm-Denkmal holte er sie völlig außer Atem wieder ein.

»Mein Chef möchte Sie sprechen«, keuchte der 57-Jährige.

Emi folgte dem Beamten, der sich immer wieder den

Schweiß von der Stirn wischen musste, zurück zum Dienstgebäude.

»Warten Sie bitte einen Augenblick, mein Chef wird wohl gleich kommen.«

Flessners Miene signalisierte nichts Gutes. Er bat die junge Frau in sein Büro, wo sie sich auf einen einfachen Holzstuhl, der vor dem Schreibtisch stand, setzte.

»Sie haben eine Vermisstenanzeige aufgegeben. Ist das korrekt?«, fragte Flessner.

»Ja«, sagte Emi kleinlaut.

»Haben Sie ein Foto von Ihrer Freundin?«

Emi griff in ihren Jutebeutel und holte ihr Smartphone heraus. Mehrfach strich sie über das Display.

»Hier! Das Foto habe ich auf der Fähre gemacht. Das ist Leonie.«

Nachdenklich schaute Flessner auf das Smartphone. Es dauerte Minuten, bis er sich räusperte und mit einer tiefen Tonlage zu der jungen Frau sprach. Flessner, von Natur aus ein bedächtiger, ruhiger Typ, wirkte in diesem Moment angespannt. Sachlich, dennoch mitfühlend, teilte er Emi mit, dass ihre Freundin tot aus dem Hafenbecken gezogen worden war.

Entsetzen stand in ihrem Gesicht geschrieben. Das Rosige wich urplötzlich aus ihren Wangen. Tränen flossen. Ihr Gesicht, bleich wie die karge Wand hinter Flessners Schreibtisch, vergrub sie in ihre Hände. Sie schluchzte, rang nach Luft und jammerte.

Flessner erhob sich von seinem Platz, verließ den Raum und kam nach weniger als einer Minute mit einem Glas Wasser zurück und reichte es Emi. Mit zittrigen Händen nahm sie das Glas entgegen.

»Es tut mir sehr leid, dass ich Ihnen diese schreckliche Botschaft mitteilen muss, aber es gibt keinen Zweifel. Ihre Freundin ist ertrunken. Vermutlich ein tragischer Unfall. Möglicherweise ist sie gestolpert und ins Wasser gefallen.«

Emi nippte am Wasserglas.

»Wie konnte das nur passieren?«, fragte sie leise und kaum vernehmbar.

»Sie hatte eine Kopfverletzung. Sicherlich war sie vom Sturz benommen und dann ist es passiert.«

»Das ist ja furchtbar.« Emi starrte mit weit aufgerissenen Augen zu ihrem Gegenüber. Das Glas fiel ihr aus der Hand. Ihre Lippen vibrierten. Heftiges Atmen setzte ein, bevor sie erneut zu weinen begann.

»Ich muss die Kripo in Aurich informieren. Man wird Sie aufsuchen und befragen. Vorher sollten Sie sich mit Frau Landgraf unterhalten. Frau Landgraf ist eine erfahrene Beamtin aus Hannover, die hier ihren Dienst verrichtet. Sie wird heute oder morgen bei Ihnen vorbeikommen. Halten Sie sich bitte für weitere Befragungen zur Verfügung. Sie sollten die Insel erst verlassen, wenn Sie unser Okay haben. Wir werden Sie informieren, sobald wir Sie für eine weitere Zeugenaussage benötigen.«

Flessner brachte die junge Frau zur Tür. Emi weinte.

»Meine Mitarbeiterin bringt sie zurück zu Ihrer Ferienwohnung. Wie gesagt, bleiben Sie dort, bis wir uns bei Ihnen melden.«

LEA SCHAUTE ZUR UHR. Sie musste schnell handeln, sonst würde Eggers ihr in die Quere kommen. Vom Parkplatz neben dem Bade:haus fuhr sie direkt zum Hafen. 35 Minuten waren vergangen, seit Doktor Stratzleseer die Veranstaltung verlassen hatte. Mit etwas Glück würde Lea ihn auf seiner Yacht antreffen.

Immer noch war der Anleger neben dem »Haus Schiffahrt« mit Flatterband abgeriegelt. Polizei sah sie nicht, nur eine schwarze Limousine, die unweit des Hecks der »Theresa II« parkte. Menschen, die aus dem Terminal kamen, stoppten ihren Lauf, zückten ihr Smartphone und fotografierten die Superyacht. Lea hielt wenige Meter entfernt in einer Parkbucht, stieg aus und lief zu der schmalen Gangway, die auf das Schiff führte. Kaum hatte sie einen Fuß auf die Gangway gesetzt, stoppte ein schwarz gekleideter, bärtiger Mann ihren Lauf.

»Halt! Sie können das Schiff nicht betreten!«

»Ich möchte zu Doktor Stratzleseer«, sagte Lea freundlich, aber bestimmt.

»Haben Sie einen Termin?«

»Nein, ich habe das hier!«

Lea hielt dem verdutzten Riesen ihren Dienstausweis vor die Nase.

»Ich bin von der Kriminalpolizei und jetzt informieren Sie bitte Ihren Chef. Sagen Sie ihm, Hauptkommissarin Lea Landgraf möchte ihn sprechen.«

Der Mann bewegte sich ein paar Schritte zur Seite, nahm ein Funkgerät aus der Hosentasche und redete, während er sich permanent an seinem Hintern kratzte.

»Gehen Sie dort entlang. Herr Doktor Stratzleseer erwartet Sie auf dem Vorschiff.«

Inmitten einer halbrunden Sitzlandschaft aus weißem Leder saß Doktor Stratzleseer vor einem ebenso weißen Marmortisch mit Edelstahlfuß und sortierte Papiere. Neben ihm saß eine attraktive, etwa 35-jährige Frau in einer beigen Baumwollhose und einem weißen Shirt. In den Händen hielt sie eine schwarze Mappe und ein Notebook.

»Hallo, Frau Kommissarin. Es freut mich, dass Sie meiner Einladung gefolgt sind. Obwohl, so schnell hätte ich Sie hier nicht erwartet.«

»Ich war gerade in der Nähe und es passte gut in meinen Zeitplan«, sagte Lea und lächelte ihren Gegenüber forsch an.

»Entschuldigen Sie diese Unordnung. Papierkram. Ich

muss noch einiges vorbereiten und unterschreiben, bevor ich mich mit den Vertretern der Stadt zusammen setze.«

»Auf Sie wurde ein Anschlag verübt und dennoch wirken Sie sehr entspannt.«

»Sollte ich das nicht?«, entgegnete Stratzleseer.

»Das kann ich nicht beurteilen. Es gibt Gerüchte, dass Sie viele Feinde haben und diese auch nicht vor einer Straftat zurückschrecken.«

»Alles nur Gerede. Wenn man erfolgreich ist, gibt es Neider. Wie sagte Oscar Wilde: „Dein Erfolg enthält immer etwas, das selbst deinem besten Freund missfällt." So ist das Leben«, sagte Stratzleseer, während er eine Unterschrift nach der anderen unter diversen Dokumenten setzte.

»Was können Sie mir über Leonie Famula sagen?«

»Setzen Sie sich. Möchten Sie einen Cocktail, ein Kaltgetränk oder ein original bayerisches Bier?«

»Ein Espresso würde mir reichen.«

»Das ist meine Mitarbeiterin, Frau Mühlbauer. Meine rechte Hand. Sie wird uns gleich einen echten italienischen Espresso servieren.«

Süffisant lächelnd verschwand sie, ohne ein Wort zu sagen, durch eine Glasschiebetür.

»Sie haben meine Frage noch nicht beantwortet.«

»Pardon. Wie lautete Ihre Frage noch?«

»Was wissen Sie über Leonie Famula?«

»Genau. Leonie. Ich habe Sie in Dubai getroffen. Wir kamen dort auf einer Touristikmesse ins Gespräch. Eine kluge und bemerkenswerte junge Frau. Weshalb fragen Sie nach Leonie?«

»Die genaue Identität ist noch nicht geklärt, aber es deutet vieles darauf hin, dass es sich bei der Toten aus dem Hafenbecken um Leonie Famula handelt.«

Stratzleseer legte die Hände vors Gesicht und schwieg einen Moment.

»Entsetzlich. Das ist ja grauenhaft. Diese junge Frau. Ich mochte sie. Sie war sehr sympathisch. Ich bin schockiert, Frau Kommissarin. Wie konnte das passieren?»

»Weshalb war Sie hier auf Norderney? Hat das was mit Ihnen zu tun?«

Stratzleseer schwieg, starte minutenlang ins Leere, bevor er antwortete.

»Ja. Ich hatte sie eingeladen. Es war eine Geste der Höflichkeit, nachdem mehrere Termine aus unterschiedlichen Gründen verschoben werden mussten. Sie wollte über mich und meine Projekte berichten. Wie Sie sicherlich wissen, betreibt sie, Pardon, betrieb sie einen Blog im Internet.«

»Und? Haben Sie mit ihr gesprochen?«

Doktor Stratzleseer hielt kurz inne, als seine Mitarbeiterin zurückkam und ein Tablett mit zwei Espressotassen, zwei Gläsern Wasser und eine Schale Gebäck servierte.

»Eva, diese Bloggerin, wir haben sie in Dubai kennengelernt. Stell dir vor, sie ist tot. Ertrunken. Hier, direkt vor meiner Yacht. Ist das nicht schrecklich?«

»Ertrunken? Hier? Wie schaurig. Das arme Ding. Ich mochte sie«, sagte Stratzleseers Mitarbeiterin sichtlich betroffen.

»Um auf Ihre Frage zurückzukommen, Frau Hauptkommissarin: Nein, leider nicht. Ich habe nicht mit ihr gesprochen. Dabei wollte ich ihr ein lukratives Angebot unterbreiten. Jemand, der sich in den sozialen Medien auskennt, ist mir sehr willkommen.«

»Hatten sie einen festen Termin vereinbart?«

»Wir waren für 22 Uhr verabredet. Vorher hatte ich diverse andere Gäste hier an Bord. Es muss noch viel verhandelt werden, bevor das Bau-Projekt realisiert werden kann. Der letzte Gast ist gegen halb zehn gegangen. Ich habe gewartet, aber sie ist nicht gekommen. Gegen 24 Uhr bin ich zu Bett gegangen. Heute Morgen teilte mir mein Mitarbeiter mit, dass Einsatzkräfte den Anleger abgesperrt hätten. Ich ging von einer Übung aus. Erst viel später erfuhr ich von dem Unglück.«

»Was ist mit Ihren Mitarbeitern? Ist einer von ihnen vor oder nach 22 Uhr von Bord gegangen?«

»Nein. Es gibt eine strikte Anordnung von mir. Niemand verlässt das Schiff ohne meine Einwilligung.«

»Halten sich Ihre Leute an diese Anordnung?«

»Ja. Leute, die meine Anweisungen ignorieren, arbeiten nicht für mich.«

»Wer waren die Gäste an diesem Abend?«

»Das kann ich Ihnen sagen. Bürgermeister Redenius, Landrat Brunken und ein Architekt aus Hamburg. Bevor Sie sich die Mühe machen und jeden Einzelnen nach einem Alibi befragen: Redenius ist zeitig gegangen. Allein. Die beiden anderen haben sich ein Taxi geteilt und sind zu ihrem Hotel gefahren, wo sie den restlichen Abend an der Hotelbar verbracht haben. Das hat mir der Architekt heute beim Empfang im Conversationshaus mitgeteilt.«

Lea trank ihren Espresso aus, erhob sich von ihrem Platz und verabschiede sich von Doktor Stratzleseer.

Sollte sie das Wort »Barcelona« erwähnen?

Lea blieb stehen.

»Herr Stratzleseer, ich habe noch eine Frage, bevor ich Ihre schöne Yacht verlasse.«

Kapitel 11

In der Hafenstraße hielt sie kurz an, absolvierte ihren Einkauf im Supermarkt und entledigte sich der zahlreichen Pfandflaschen, die seit geraumer Zeit im Auto hin und her rollten. Der Markt außerhalb der Stadt verfügte über eine bescheidene Größe. Sie bot aber einen Vorteil, man konnte fast vor der Tür parken, was in der Innenstadt selten möglich war. Zudem stellte die in unmittelbarer Nähe befindliche Tankstelle für Lea einen weiteren Vorteil da. Sie konnte Einkauf und Tanken miteinander verbinden.

Gerade als sie vor der Kasse stand, meldete sich ihr Handy mit einem schrillen Klingelton.

»Muss das jetzt sein?«, fluchte Lea.

Die Frau an der Kasse blickte sie verdutzt an.

»Sie waren nicht gemeint. Was gibt es, Biene?«

Alles, was Sabine ihr verkünden wollte, war ein Terminvorschlag, den Flessner ihr mitgeteilt hatte.

Gereizt aufgrund der unerwarteten Störung beim Einkauf, steckte sie das Handy wütend zurück in die Jackentasche.

»Zahlen Sie bar oder mit Karte?«, fragte die blasse Frau an der Kasse.

»Weder noch.«

Erschrocken, über diese Äußerung, starrte sie Lea an, als

hätte diese ihr gerade eine Pistole auf die Brust gesetzt.

»Keine Bange, ich habe diese neue App. Ich hoffe, Ihre Kasse ist damit vertraut.«

»Ja, Ja. Natürlich. Kein Problem«, stotterte die Frau, die mittlerweile noch blasser war als zuvor.

MIT EINEM BELEGTEN Brötchen in der Hand und zwei Tüten mit Waren auf dem Beifahrersitz fuhr Lea zur Polizeidienststelle in der Knyphausenstraße.

Sie parkte ihren Wagen auf der kleinen Auffahrt neben dem Dienstgebäude, kontrollierte ihre Zähne im Innenspiegel, wuschelte kurz durch ihre Haare und betrat die Polizeidienststelle durch den Haupteingang.

»Moin, Herr Lankow! Ist Herr Flessner im Haus?«, fragte Lea.

Jan Lankow, der hinter dem Tresen stand, begrüßte sie freudig.

»Moin, Frau Hauptkommissarin. Welcher Glanz in unserer Hütte. Darf ich Ihnen einen Tee anbieten? Chef trinkt bestimmt einen mit. Er ist in seinem Büro. Den Weg kennen Sie.«

Lea klopfte und trat ein. Flessner erhob sich sofort von seinem Platz und begrüßte die Kollegin.

»Moin, Frau Landgraf! Schön, dass Sie mich besuchen. Ich denke, Jan wird uns gleich eine Kanne Tee bringen. Was führt Sie zu uns?«

»Sie wollten mich sprechen.«

»Ja! Setzen Sie sich. Gut, dass Sie vorbei gekommen sind. Hauptkommissar Eggers hat um meine Mithilfe ersucht. Wie Sie sich sicherlich erinnern, lag am Fundort der Leiche eine größere Motoryacht.«

»Ja. Ich war gerade im Hafen. Das Schiff liegt immer noch dort.«

»Sie waren nochmals am Fundort der Leiche?«

»Ja. Ich habe mich dort erneut ein wenig umgeschaut und musste an einem fast zwei Meter großen Muskelmann vorbei, der die Yacht bewachte.«

»Wollten Sie das Schiff entwenden?«, scherzte Flessner.

»Macht keinen Sinn. Als Landratte kann ich gerade einmal ein Tretboot steuern, mit Sicherheit keine Yacht kapern. Mir ging es um ein Gespräch mit dem Bootseigner.«

»Wer ist diese Person? Gab es Probleme?«, fragte Flessner.

»Nein, nein, Herr Flessner. Der Besitzer der Yacht war sehr höflich und zuvorkommend, konnte mir aber wenig über die Tote berichten.«

Unerwartet hörte Lea das Klappern von Geschirr. Es kam schnell näher. Lankow war im Anmarsch. Wie ein Oberkellner eines exquisiten Cafés servierte er den Tee.

»Für jeden einen Keks. Mehr erlaubt die Staatskasse nicht«, sagte Lankow und verließ mit einem Schmunzeln den Raum.

»Hauptkommissar Eggers rief mich vor einer Stunde an. Er ist wieder in Aurich. Er hat ebenfalls den Eigentümer der Yacht befragt, aber nur telefonisch. Laut Eggers hatte dieser Bootseigner die Frau für ein Gespräch auf seine Yacht eingeladen. Sie erschien aber nicht zum verabredeten Termin«, berichtete Flessner nüchtern.

»Ähnliches hat mir der Yachtbesitzer auch erzählt«, sagte Lea.

»Andere Zeugen, außer einem Taxifahrer, gibt es nicht. Die Kripo Aurich hat auch ihn befragt. Er sagte, er hätte die junge Frau gegen 21 Uhr 25 in der Poststraße abgeholt. Sie und ihre Freundin sind eingestiegen. Eine dritte Person, männlich, hat sich entfernt. Seine Identität ist noch nicht bekannt.«

Lea zuckte bei den Worten zusammen.

War diese dritte Person ...? Nein, das konnte nicht sein.

»Die Freundin der Toten verließ einige Straßen weiter das Taxi. Diese Information habe ich von Eggers.«

»Wissen Sie, wer diese Freundin ist?«, fragte Lea angespannt.

»Vor zwei Stunden war sie hier. Sie heißt Emi Kunze und hat ihre Freundin als vermisst gemeldet. Vielleicht sollten Sie dieses Mädchen aufsuchen und befragen. Sie kennt sicherlich auch den Unbekannten.«

»Ja«, antwortete Lea, »das ist eine gute Idee.«

Flessner reichte Lea einen kleinen handgeschriebenen Zettel.

»Das ist die Adresse von der Ferienwohnung, in der sie sich zurzeit aufhält.«

»Wissen Sie etwas über die Untersuchungsergebnisse der Rechtsmedizin? Hat Eggers Ihnen etwas mitgeteilt?«

»Wenig, Frau Landgraf. So viel ich erfahren habe, wurde das Opfer niedergeschlagen. In der Kopfwunde fand man, genau wie Sie sagten, Glassplitter. Höchst wahrscheinlich von einer Flasche. Näheres wird noch untersucht. Am Rücken und am Gesäß fanden die Rechtsmediziner diverse Hämatome. Vermutlich von Fußtritten verursacht. Die Rechtsmediziner bestätigten Ihre Vermutung, dass die Frau noch lebte, als sie ins Wasser gestoßen wurde«, sagte er.

»Somit war es kein Unglücksfall?«

»Nein, definitiv nicht. In diesem Fall liegt ein Fremdverschulden vor, das hat Eggers ausdrücklich betont. Eggers erwähnte eine Kritzelei am linken Unterarm. Bislang konnte man sie noch nicht deuten.«

»Die Kritzelei ist mir bekannt. Ich habe sie fotografiert.«

»Und? Was ist das für eine Kritzelei?«

»Kann ich noch nicht sagen. Hat Eggers eine Spur, die zum Täter führen könnte?«

»Nicht, dass ich wüsste. Eggers kommt nach Norderney.

Er will hier Zeugen vernehmen. Die Befragung findet in einem Hotel statt, unsere Dienststelle war ihm dafür zu klein.«

»Hat Hauptkommissar Eggers Namen genannt?«, fragte Lea.

»Nur einen. Stratz ..., Doktor Stratz .... Ich konnte mir den Namen nicht merken«, sagte Flessner ruhig.

»Doktor Stratzleseer! Dieser Mann hat zurzeit einen Sonderstatus auf Norderney. Ich denke, an diesem Zeugen wird sich Eggers die Zähne ausbeißen.«

Während beide den Tee genossen, den Jan Lankow frisch aufgebrüht hatte, erzählte Flessner von den ersten Jahren auf der Insel. Lea vergaß die Zeit und hörte dem sonst wortkargen Insulaner gespannt zu. Flessner erzählte von Schmugglern, verirrten Touristen, entlaufenden Hunden und einem Mord, der nie aufgeklärt wurde.

Fast eine Stunde verbrachte Lea in der Polizeidienstelle, dann fuhr sie zurück zu ihrem Büro.

EIN GEDANKE LIESS sie während der Fahrt nicht los. Was waren das für Spuren auf dem Unterarm der Toten? Auch Eggers interessierte sich dafür. Beim ersten Betrachten hielt sie es für eine Kritzelei. Erinnerungen an ihre Schulzeit wurden wach, als sie sich Mathe- und Chemie-Formeln auf den Arm schrieb.

Heute nutzt man dafür sein Smartphone. Weshalb schmierte sich die Tote etwas auf ihre Haut? Lea wollte es heraus finden.

Die Bilder vom Hafen befanden sich noch auf Sabines Rechner. Kaum dass sie ihren Wagen geparkt hatte, stieg sie aus und eilte geradewegs zum Schreibtisch ihrer Mitarbeiterin.

Ihr Platz war leer. Sie war gegangen, ohne eine Nachricht

zu hinterlassen. Lea setzte sich an Sabines Schreibtisch, suchte und fand schnell den gewünschten Datei-Ordner mit den Bildern. Ein Foto interessierte sie besonders. Sie schob den Ordner auf ihren Rechner, verließ Sabines Arbeitsplatz und lief zu ihrem Schreibtisch.

Sie schaute sich zunächst alle Fotos in Ruhe an, bevor sie die Aufnahme vom Unterarm per *Drag and Drop* in ein Bildbearbeitungsprogramm übernahm. Sie hoffte, mit diesem Hilfsmittel das Fotografierte zu entschlüsseln. In der Vergrößerung auf dem großen Monitor wirkte das Bild noch unansehnlicher als auf dem Smartphone. Die Aufnahme vom linken Unterarm der Leiche zeigte sich in blassen, gräulichen Farben. Die glatte Haut, übersät mit Algen und winzigem Getier, wies an einer Stelle blassblaue Fragmente auf. Mit etwas Fantasie könnte man sie als eine von Hand gefertigte Kritzelei deuten.

Zunächst änderte Lea mithilfe der Software Kontrast, Helligkeit, Tonwert und Sättigung. Danach folgte die Optimierung von Farbe und Dynamik. Mit der Änderung der Gradationskurve und dem nachträglichen Schärfen des Bildes wurden die verschwommenen, blassen Zeichen immer deutlicher.

Was anfänglich an ägyptische Hieroglyphen erinnerte, entpuppte sich nach wenigen Minuten als eine mit blauer Tinte geschriebene Aneinanderreihung von Zahlen.

Von den ersten Ziffern waren nur noch verblasste Reste vorhanden. Um so deutlicher waren die übrigen Ziffern zu erkennen. Die Bildbearbeitung hatte sich gelohnt. Lea notierte die Zahlenreihe und musste schlucken, als sie das Ergebnis vor sich auf dem Papier sah. Das hatte sie nicht erwartet.

Kapitel 12

»Ich habe etwas zu futtern aus der Stadt mitgebracht. Wollen wir uns in die Küche setzen?«

Mit einem breiten Grinsen stand Sabine in der offenen Bürotür.

»Okay.«

»Was ist los?«

»Wenn es dir nichts ausmacht, würde ich während der Mittagspause gerne mit dir reden.«

»Du machst so ein nachdenkliches Gesicht. Ist etwas nicht in Ordnung?«, fragte Sabine besorgt.

Beide gingen in die Küche und setzten sich an den kleinen Tisch.

»Ich habe Salat, Schafskäse, Brot und ein super leckeres Dressing aus der Stadt mitgebracht«, sagte Sabine freudestrahlend.

»Ich habe keinen Hunger.«

»Wieso nicht?«

»Ich muss dir etwas mitteilen, was alles Bisherige verändern wird. Ich, ich ...«, stotterte Lea.

»Was willst du mir sagen?«

»Ich weiß nicht, wo ich anfangen soll ...«

»Fang vorne an.«

»Die Leiche vom Hafen. Ich habe etwas entdeckt, was mich schockiert hat.«

»Seit wann kann dich etwas schockieren?«

»Hier, ich habe es ausgedruckt.«

Lea schob Sabine, die ihr gegenüber saß, ein postkartengroßes Foto zu.

»Was ist das? Warum muss ich mir das unbedingt beim Essen anschauen?«

»Das ist der Unterarm der Toten.«

»Ja, und? Sieht nicht sonderlich attraktiv aus.«

»Diese Kritzelei.« Lea stockte. Ihr Finger zitterte, als sie auf ein Detail im Foto zeigte.

»Diese Kritzelei ist eine Telefonnummer«, fuhr sie fort, »die ersten Zahlen sind bereits abgewaschen, den Rest konnte ich entziffern.«

»Cool! Wie hast du das gemacht?«

»Das spielt im Moment keine Rolle. Ich kenne diese Zahlenkombination.«

»Und? Ich tippe auf die Nummer der Taxizentrale?«, sagte Sabine.

»Nein. Das ist die Mobilnummer von Sven.«

Sabine ließ die Gabel fallen.

»Bist du dir sicher?«

»Klar, bin ich mir sicher. Ich habe diese Nummer schon Hunderte Male gewählt. Sven ist ,,,«

»Sven ist der Mörder? Spinnst du, Lea?«

»Es ist eindeutig seine Handynummer.«

»Und? Konntest du Sven dazu befragen?«, wollte Sabine wissen.

»Nein! Das ist ja das Problem. Ich kann ihn nicht erreichen. Sven steckt offenbar tiefer im Dreck, als ich vermutet habe. Eigenartigerweise ist er seit dem Tod dieser Frau nicht mehr erreichbar. Nicht nur das. Er ist verschwunden. Ich habe mit diversen Leuten gesprochen, niemand weiß, wo er sich derzeit aufhält.«

»Du glaubst doch nicht, dass Sven ...«, fragte Sabine.

»Nein, natürlich nicht. Nur wo steckt er? Warum ist er untergetaucht? Vielleicht hat er Informationen, die für die Ermittlungsarbeit wichtig sein könnten.«

»Dass Sven sich mit dieser Frau getroffen hat, muss ja nichts heißen. Beide haben ihre Telefonnummern ausgetauscht. Was ist dabei?«, erwiderte Sabine nüchtern.

»Das Problem ist, diese Frau lebt nicht mehr und Sven ist verschwunden.«

»Lea, sein Verschwinden hat sicherlich einen anderen Grund. Mach dir keine Sorgen. Sven kann gut alleine auf sich aufpassen. In den nächsten Tagen wird sich alles aufklären.«

»Hoffentlich liegst du mit deiner Vermutung richtig.«

»Was ist mit dem Kommissar aus Aurich? Weiß er von dieser Telefonnummer?«

»Ja, die Rechtsmedizin hat ihn auf die Kritzelei aufmerksam gemacht. Noch weiß er nicht, was dahinter steckt. Eggers glaubt noch, den Täter auf der Yacht zu finden, das hat mir jedenfalls Flessner mitgeteilt.«

»Weißt du, wem das Schiff gehört?«

»Ja. Der Eigentümer heißt Doktor Stratzleseer. Ein Milliardär und Investor aus München. Ich war auf seiner Yacht.«

»Cool! Gab es Champagner und Kaviar?«

»Espresso.«

»Das ist ja langweilig.«

»Dieser Mann ist etwas egozentrisch, aber sonst ganz okay.«

»Verheiratet?«

»Warum willst du das wissen?«

»Ein Milliardär. Da sollte man doch die Fühler ausstrecken.«

»Sabine, ich wollte eine Information von ihm, keinen

Heiratsantrag. Außerdem hat er eine sehr attraktive Mitarbeiterin.«

»Glaubst du, dass dieser Investor etwas mit dem Tod der jungen Frau zu tun hat?«

»Noch kann ich es nicht beurteilen, mir fehlen Fakten. Mein Bauch sagt aber: Er war es nicht.«

»Was denkt Eggers?«

»Wie ich erfahren habe, kommt er nach Norderney, um den Milliardär und seine Mitarbeiter persönlich zu befragen.«

»Das ist wie im Fernsehen. Da sind es auch immer die Reichen, die Dreck am Stecken haben«, sagte Sabine und griente.

»Du solltest nicht so viel Fernsehen schauen, Sabine. Wir müssen abwarten, was die Auricher Kripo heraus findet. Das wird für Eggers und sein Team keine leichte Sache werden.«

»Das bedeutet, wir haben mit dem Fall definitiv nichts mehr am Hut.«

»Korrekt, Sabine.«

»Was wird mit Sven?«

»Es macht den Eindruck, als hätte er sein Handy ausgeschaltet. Ich werde später versuchen, ihn zu erreichen. Mehr kann ich im Moment nicht ausrichten«, sagte Lea betrübt.

»Du weißt doch, wo er wohnt. Oder Lea?«

»Ja, Sabine, ich weiß das, aber ich möchte ihn nicht zu Hause überraschen. Glaubst du wirklich, Lea, dass Sven mit einer anderen zusammen ist?«

»Ich weiß es nicht, Sabine. Ich hoffe nicht.«

»Was passiert, wenn die Auricher Kripo die Kritzelei entschlüsselt?«

»Daran möchte ich jetzt nicht denken.«

Kapitel 13

Sie kamen alle aus Kleve. Drei Ehepaare. Jetzt standen sie vor dem Tresen und redeten durcheinander.

»Sie müssen sich an die Reederei wenden. Für verlorene Gepäckstücke sind wir nicht zuständig!«, rief Jan Lankow laut.

»Aber ...?«

»Nichts aber. Fahren Sie mit dem Bus zurück zum ‚Haus Schiffahrt'. Dort wird man sich um ihr Anliegen kümmern. Sollte ihr Gepäck tatsächlich gestohlen worden sein, dann kommen sie wieder.«

Nicht zufrieden mit der Antwort verließ die Gruppe missmutig die Polizeistation.

»Gehören Sie nicht zu der Gruppe?«

»Nein. Ich denke nicht.«

»Was kann ich für sie tun?« Fragend schaute Lankow zu der zierlichen jungen Frau mit den kastanienbraunen Haaren.

»Ich soll mich hier melden.«

»Wer sagt das?«

»Hauptkommissarin Landgraf.«

»Gut, wenn das so ist. Setzen sie sich bitte dort hin. Ich werde Frau Landgraf informieren, dass Sie hier sind.«

Lankow telefonierte, machte sich Notizen und kam nach weniger als vier Minuten zurück zu der jungen Frau.

»Sie sollen eine Zeugenaussage machen. Wenn es Ihnen recht ist, nehme ich Ihre Aussage auf.«

»Ich habe nichts zu sagen.«

»Wie? Frau Landgraf sagte, sie könnten Hinweise geben, die im Zusammenhang stehen zu dem Tötungsdelikt am Hafen.«

»Nöö!«

»Und deshalb kommen Sie hier zur Polizeidienststelle?«

»Ich komme, weil die Kommissarin das so wollte.«

»Okay, wenn Sie nichts zu sagen haben, unterschreiben Sie bitte hier und dann können Sie wieder gehen.«

Gerade als sie den Raum verließ, kam Polizeiobermeister Steffens durch die Tür.

»Wer war die junge Frau?«

»Angeblich eine Zeugin. Frau Landgraf hat sie herbeordert. Eine Aussage hat sie aber nicht gemacht.«

»Kommt vor.«

»Dennoch eine hübsche Person.«

»Und? Hast du sie eingeladen?«

»Nein. Wieso?«

»Jan. Du bist vielleicht ein Döspaddel. So bekommst du nie eine Frau.«

»Ich habe ihre Adresse.«

»Schon mal was von Datenschutz gehört?«

SABINE WAR NICHT DA.

»Bin zum Arzt«, stand auf einem kleinen, gelben Zettel, der an ihrem Computermonitor haftete. Lea nahm ihn und warf ihn in den Papierkorb.

Gut, dass Sabine ihren Arzt erneut aufsucht. Auch ein

kleiner Sturz kann schwere Folgen haben. Hoffentlich ist bald alles wieder gut.

Lea setzte sich an ihren Schreibtisch und startete den Rechner. Jetzt, wo sie alleine war, wollte sie das tun, was ihr schon seit geraumer Zeit auf dem Herzen lag. Immer wieder verschob sie die Recherche. Was hatte Sven mit dem Tod des Mädchens zu tun? Sie musste und sie wollte es herausfinden.

Jede Minute dachte sie an ihn. *Wo war er? Warum meldete er sich nicht?* Niemand konnte ihr eine Auskunft geben. Sollte sie in den sozialen Netzen recherchieren oder war diese Vorgehensweise taktlos? Eigentlich konnte Sven tun und lassen, was er wollte. Sie waren nicht gebunden und er ein erwachsener Mann.

Lea erhob sich von ihrem Platz. Nachdenklich lief sie im Büro auf und ab, versuchte das Für und Wider abzuwägen und kam zu keinem klaren Ergebnis. Immer wieder mündeten ihre Gedanken in einer Sackgasse. Lea ging zur Küche.

Ein Kaffee wäre jetzt hilfreich. Kaum, dass sie den Knopf der Maschine gedrückt und ihren Becher unter den Auslauf gestellt hatte, klingelte das Telefon.

Eilig rannte sie zurück zu ihrem Schreibtisch.

»Lea Landgraf!«, meldete sie sich leicht außer Atem.

»Maibach! Guten Tag, Frau Landgraf«, antwortete eine weichgespülte Stimme.

»Moin, Herr Doktor Maibach.«

»Frau Landgraf, ich habe ein besonderes Anliegen. Etwas delikat muss ich zugeben. Insofern gehe ich von Ihrer Diskretion aus. Sie verstehen mich?«

»Ja, natürlich.«

Mit dem Hörer in der Hand schlich Lea zurück zur Küche. Der Automat hatte sein Werk vollbracht. Der Becher war fast bis zum Rand gefüllt. Der Raum duftete nach Kaffee.

Lea lief, in der linken Hand den heißen Becher und in der Rechten das Telefon, zurück zu ihrem Schreibtisch.

Jetzt nur nichts verschütten, dann wird es schmerzhaft für meine Finger.

Sie schaffte es ohne größere Komplikationen zurück an ihren Arbeitsplatz.

»Herrn Eggers kennen sie bereits und soweit ich informiert bin, ist Ihnen der Name Doktor Stratzleseer auch bekannt.«

»Das ist richtig. Beide habe ich in den letzten Tagen kennengelernt. Sehr unterschiedliche Charaktere, wenn ich das anmerken darf.«

»Herr Eggers ist ein tüchtiger Ermittler. Derzeit habe ich aber das Gefühl, dass er sich in dieser Sache, verrannt hat.«

»Wie kommen Sie zu dieser Einschätzung, Herr Doktor Maibach?«

»Bürgermeister Redenius rief mich an. Er ist sehr besorgt. Wie sie wissen, geht es um eine Großinvestition auf der Insel. Verträge für dieses gewaltige Hotelprojekt, das im Nordwesten Maßstäbe setzen soll, stehen kurz vor der Unterzeichnung. Seit Jahren versuchen der Landkreis, verschiedene Politiker und natürlich Bürgermeister Redenius, diesen Doktor Stratzleseer als Investor zu gewinnen. Es schien so, als stünde dem Megaprojekt nichts mehr im Wege und jetzt das.«

»Meinen Sie die Demonstranten? Die sind mehr oder weniger harmlos. Die wollen doch nur ihre Meinung kundtun, was ihr gutes Recht ist.«

»Nein, nein, Frau Landgraf, die Demonstranten sind nicht das Problem. Das Problem heißt Hauptkommissar Eggers.«

»Das verstehe ich nicht so ganz, Herr Staatsanwalt. Was hat Eggers mit dem Hotelneubau zu tun?«

»Eggers ermittelt in alle Richtungen, sieht aber bei diesem Tötungsdelikt eine direkte Verbindung zwischen dem Opfer und dem Investor.«

»So ganz kann ich Ihnen noch nicht folgen, Herr Doktor Maibach.«

»Frau Landgraf, das ist doch unmissverständlich. Der Hotelneubau ist für diesen Investor ein sehr lukratives Geschäft, das vermutet auf jeden Fall Herr Eggers, und deshalb hat er diesen Doktor aus München ins Visier genommen. Eggers glaubt, dass Doktor Stratzleseer einen Schritt zu weit gegangen ist. Bereits in der Vergangenheit hat die Firma dieses Investors Mieter und Grundstückseigentümer eingeschüchtert. Ein weiterer Grund ist ein Vorfall in Spanien im letzten Sommer.«

»Spanien? Was verbindet Norderney mit Spanien?«, fragte Lea erstaunt.

»Eggers und seine Leute haben gut gearbeitet. Eine Recherche des Auricher Ermittlungsteams führte zu einem Vorfall, der fast 12 Monate zurückliegt. Wie uns die spanischen Behörden mitteilten, wurde im Sommer letzten Jahres in Barcelona eine verletzte Frau gefunden.«

»Barcelona?«

»Sie wissen davon?«

»Nein. Den Ort habe ich in einem anderen Zusammenhang gehört.«

»Wie gesagt, wurde im Hafen von Barcelona eine Frau gefunden. Sie hatte eine Kopfverletzung und diverse Prellungen. Man fand sie nur mit einem Badeanzug bekleidet, unweit der Yacht von diesem Doktor Stratzleseer, also von diesem Milliardär. Laut Polizeibericht lag die junge Frau regungslos und blutend auf einem Bootssteg.

Erst Tage nach dem Vorfall war es möglich, das Opfer zu befragen. Sie sagte, sie war Gast auf der Yacht und hätte sich die Verletzungen bei einem Sturz von einer Treppe zugezogen, als sie beim Fotografieren unachtsam gewesen war. Das ist alles, was wir wissen. Es gibt keine Akte. Die Ermittlungen wurden nach kurzer Zeit eingestellt.«

»Wer war diese Frau? Ist ihre Identität bekannt?«

»Ja! Sie hieß Leonie Famula.«

»Die Tote vom Hafen!«

»Korrekt, Frau Landgraf. Die Information erhielten wir von einer spanischen Zeitungsredaktion.«

»Glauben Sie, Doktor Stratzleseer hat etwas mit dem Tod der jungen Frau zu tun?«

»Da möchte ich mir bei der dünnen Beweislage kein Urteil bilden, Frau Landgraf. Gestern bekam ich eine Information von der Staatsanwaltschaft aus Leer. Der Zoll kontrollierte einen Fünfzigjährigen. Er saß im Zug, der von Norddeich kommend nach Koblenz unterwegs war. Man fand bei ihm eine nicht unerhebliche Menge Kokain. Die Beamten stellten bei der Überprüfung fest, dass der Mann aufgrund diverser Drogendelikte gesucht wurde. Ein Richter am Amtsgericht Leer erließ noch am gleichen Tag einen Haftbefehl.

Der Festgenommene war im Besitz von Reizgas. Wie er behauptet, gehöre das zu seiner Ausstattung als Mitarbeiter eines Security-Unternehmens. Der Mann wurde nach kurzer Befragung nach Aurich überstellt. Seit Stunden wird er dort von Eggers und seinen Leuten verhört.«

»Wer ist der Mann?«

»Der Festgenommene heißt Zagan Raske. Er ist Geschäftsführer eines Security-Unternehmens. Inhaber dieses Unternehmens ist Doktor Stratzleseer.«

»Doktor Stratzleseer!«

»Korrekt, Frau Landgraf. Deshalb die sofortige Überführung des Mannes nach Aurich. Eggers ist sich sicher, dass dieser Mann im Auftrag des Investors gehandelt hat und für das Tötungsdelikt im Hafen von Norderney verantwortlich ist. Jetzt will er den Milliardär vorladen und das bei einer relativ dünnen Beweislage. Das geht eindeutig zu weit. Mit seinem Verhalten gefährdet Hauptkommissar Eggers das millionenschwere Bauprojekt auf Norderney. Ich habe das

Gefühl, Herr Eggers hat sich verrannt«, sagte Doktor Maibach scharf.

»Das kann ich nicht beurteilen. Ich bin in den Fall nicht involviert.«

»Das Opfer hat teilweise sehr kritisch über Stratzleseers Projekte berichtet. Doktor Stratzleseer musste handeln, um seinen guten Ruf zu retten, so Eggers These.«

»Das begründet nicht sein drastisches Vorgehen.«

»Richtig, Frau Landgraf. Doktor Stratzleseer hat bei der ersten routinemäßigen Befragung erklärt, dass er die junge Frau kannte und zu einem privaten Gespräch auf seine Yacht eingeladen hatte. Eggers vermutet, dass Doktor Stratzleseer diese Gelegenheit nutzte, um diese Kritikerin aus dem Weg räumen zu lassen. In der Nacht am Hafen wurde das Mädchen mit Reizgas attackiert. Dieser Raske trug Reizgas bei sich. Deshalb soll Doktor Stratzleseer zur Verantwortung gezogen werden. Absurd, wie ich finde.«

»Stoppen Sie ihn.«

»Das ist nicht möglich. Eggers Vorgehen ist korrekt, deshalb kann ich ihn nicht ad hoc von diesem Fall abziehen. Sollte sein Gespür richtig sein, wäre dieses Tötungsdelikt schnell aufgeklärt, was in meinem Sinne wäre. Dennoch möchte ich alles vermeiden, was das Hotelprojekt gefährden könnte. Es ist ein Dilemma.«

»Reden Sie mit Eggers. Noch ist es nicht zu spät.«

»Für Herrn Eggers ist es der erste große Fall, den er hier in Ostfriesland bearbeitet und er ist bestrebt, diesen Fall erfolgreich und schnell zu Ende zu führen.«

»Wann soll Doktor Stratzleseer vorgeladen werden?«

»Ich konnte Herrn Eggers trotz seiner Vorbehalte davon überzeugen, mit der Vorladung noch zu warten«, sagte Maibach.

»Hoffen wir, dass sich bis dahin alles zum Guten wendet.«

»Frau Landgraf, ich habe Sie angerufen, weil Sie in dieser Sache ermitteln sollen. Sie sind vor Ort und Sie haben die Erfahrung und die notwendige Kompetenz. Suchen Sie nach der Nadel im Heuhaufen. Sie müssen etwas finden, was diesen Doktor Stratzleseer, entlastet und aus der Schusslinie bringt. Wird der Investor vorgeladen, ist das Neubauprojekt vom Tisch und das wäre eine Katastrophe für Norderney.«

»Wie stellen Sie sich das vor, Herr Doktor Maibach? Ich kann doch nicht den Kollegen aus Aurich in den Rücken fallen. Was ist, wenn Herr Eggers von meinen Ermittlungen erfährt?

»Er darf nichts erfahren, Frau Landgraf, und er wird nichts erfahren. Sie bekommen von mir ganz offiziell den Auftrag, in dieser Sache zu ermitteln. Sie haben meine volle Unterstützung.«

»Und wenn ich ablehne?«

»Frau Landgraf, Sie sind unsere letzte Hoffnung. Bürgermeister Redenius sieht das genau so. Finden Sie den Täter. Nur so können wir das Hotelprojekt noch retten.«

»Danke für Ihr Vertrauen. Ich muss kurz darüber nachdenken.«

»Wir haben keine Zeit zum Nachdenken.«

Lea zögerte einen Moment. Sie spürte förmlich die Nervosität ihres Gesprächspartners.

»Gut, Herr Doktor Maibach, ich werde mich um das Tötungsdelikt kümmern, vorausgesetzt, ich habe freie Hand.«

»Natürlich! Sie haben meine volle Unterstützung. Mein Mitarbeiter, Herr Kiefer, wird Ihnen alles zusenden, was wir derzeit an Informationen und Fakten haben. Vergessen Sie Ihren Kaffee nicht!«

Kapitel 14

Lea musste den Anruf verdauen. Es war schon merkwürdig: Wie wusste Doktor Maibach, dass sie einen Becher Kaffee in der Hand hielt? Mittlerweile war er eiskalt geworden. Lea nahm den Becher und lief damit zur Küche. In dem Moment, in dem sie den Flur betrat, ging die Eingangstür auf und Sabine kam herein.

»Ich bin wieder da. Ist der Kaffee für mich? Danke, Lea.«

»Moment, der Kaffee ist ...«

»Pfui!, igitt!«, prustete Sabine, »warum bietest du mir einen kalten Kaffee an?«

»Der war nicht für dich gedacht. Warst du beim Arzt?«

»Ja. Nachuntersuchung, oder wie man das nennt.«

»Was sagte der Arzt?«

»Alles okay. Ich bin wieder voll fit.«

»Dann bin ich ja beruhigt. Ich freue mich, dass dein Sturz glimpflich verlaufen ist.«

»Was ist mit dir los?«, fragte Sabine.

»Du trägst so ein eigenartiges Lächeln im Gesicht.«

»Ich hatte einen sehr ungewöhnlichen Anruf.«

»Von Sven?«

»Nein, der hat sich leider noch immer nicht gemeldet. Der

Anruf kam von Doktor Maibach. Er hat mich offiziell mit der Durchführung von Ermittlungen im Zusammenhang mit dem Tötungsdelikt vom Hafen beauftragt.«

»Wie hast du das geschafft? Hast du ihm schöne Augen gemacht?«

»Nein. Ich habe ihn seit einem Jahr nicht gesehen. Der Grund ist ein ganz anderer. Bürgermeister Redenius hat sich an den Staatsanwalt gewandt. Hintergrund ist der Bau dieses Hotelkomplexes hier auf Norderney. Wir hatten darüber gesprochen. Die Stadt benötigt mehr Bettenkapazitäten, hat aber nicht das Geld, um in eigener Regie derartige Projekte zu realisieren. Die Stadt hat nach einem Investor gesucht und ist fündig geworden. Jetzt droht der Investor abzuspringen, weil Eggers gegen ihn ermitteln will.«

»Und du sollst Eggers ins Handwerk pfuschen?«

»Meine Aufgabe ist es, den Investor zu entlasten.«

»Das ist eine echte Herausforderung, Lea. Hast du etwa schon zugesagt?«

»Ja, ich habe dem Staatsanwalt erzählt, dass ich eine sehr tüchtige Mitarbeiterin habe. Insofern hatte er keine Bedenken, uns diese Ermittlungsarbeit anzuvertrauen.«

»Hast du das wirklich gesagt?«

»Ich denke, Doktor Maibach weiß, was er an uns hat, sonst hätte er sich anderweitig Hilfe geholt. Eigentlich ist es keine Ermittlungsarbeit. Ich soll lediglich Beweise herbei schaffen, damit der Investor aus der Schusslinie kommt.«

»Wie stellst du dir das jetzt vor?«

»Wir werden uns intensiv mit dem Fall beschäftigen. Grundsätzlich sollten wir nach Beweisen suchen. Ich denke, wichtig wäre die Ursache zu ergründen, warum die junge Frau sterben musste. Wer profitiert von ihrem Tod? Hatte sie Feinde? Wurde sie verfolgt oder bedroht? Mit wem war sie vor ihrem Tod in Kontakt?«

»Also die übliche Vorgehensweise«, betonte Sabine.

»Ja. Versuche bitte, alles über das Opfer heraus zu finden. Was hat sie vor ihrem Tod gemacht? Mit wem war sie zusammen? Bekanntenkreis? Freunde? Hobbys? Wir müssen alles über diese Frau wissen.«

»Was machst du?«

»Ich kümmere mich um eine Zeugin. Flessner hat mir eine Adresse gegeben und da fahre ich jetzt hin. Wir müssen uns beeilen. Wir haben zwei Gegenspieler.«

»Wieso zwei?«

»Zum einen ist es Eggers und zum anderen ist es die Zeit. Wir müssen schnell und effektiv arbeiten. Wer weiß, ob der Täter noch weitere Frauen im Visier hat. Jede Frau auf Norderney kann die Nächste sein.«

»Du bist eine Frau«, sagte Sabine nachdenklich.

»Du nicht?«

Sabine musste schlucken.

»Meinst du, ich ...?«, fragte sie sorgenvoll.

»Gehe bitte nach 20 Uhr nicht alleine aus dem Haus.«

»Lea, ich bin ein großes Mädchen, ich habe keine Angst.«

»Keine Angst zu haben ist kein Schutz, Sabine.«

LEA PARKTE ihren Smart neben dem Gebäude. Eine kleine schmale Auffahrt. Für eine Limousine zu klein, für ihren Wagen genau richtig. Das Schild »Privat. Parken verboten«, ignorierte sie.

Von der Auffahrt führte ein schmaler, mit roten Klinkern ausgelegter Weg zum Eingang. Das Haus »Meerrose« verfügte über 6 Ferienappartements, was durch eine Werbetafel am Gebäude angepriesen wurde. Neben drei der dort aufgeführten Appartements prangte in roter Schrift auf weißem Grund das Wort »frei«.

Nachdem Lea mehrmals den Klingelknopf betätigt hatte, öffnete eine Frau von etwa 50 Jahren die Tür.

»Moin! Suchen Sie eine Unterkunft? Sie haben Glück, es sind noch drei Appartements frei«, sagte sie mit einem freundlichen, etwas aufgesetzten Lächeln.

»Kriminalpolizei. Mein Name ist Landgraf. Ich möchte eine junge Frau sprechen. Sie heißt Emi Kunze. Man sagte mir, sie wohne hier bei Ihnen.

»Emi!«, wiederholte die Frau, die ein Duft von Mittagessen umgab.

»Sind Sie eine Freundin?«

»Nein. Wie ich schon sagte, ich bin von der Kriminalpolizei«.

Lea zeigte ihren Dienstausweis. Ungläubig schaute die Frau auf das Dokument.

»Hat sie etwas ausgefressen?«

»Nein.«

»Und warum steht ständig die Polizei vor der Tür?«

»Ständig?«, fragte Lea.

»Gestern war auch einer hier. Fisch ..., nee, Fleisch. Genau. Der hieß wie mein Großonkel mütterlicherseits. Ja, der hieß Fleischmann. Ein ganz Netter. Und was wollen Sie?«

»Wie ich schon sagte, ich möchte mit Frau Kunze sprechen. Wo finde ich sie?«

»Ich denke, sie ist oben in der Ferienwohnung. Treppe hoch und dann zweite Tür rechts. Ich muss zu meinen Töpfen. Sie finden den Weg alleine?«

»Ja.«

Lea stieg die Treppe empor und klopfte an die Tür mit der Nummer 102. Eine junge Frau von etwa 20 Jahren mit einer pfiffigen, schwarzen Kurzhaarfrisur, chiliroten Strähnchen und blassem Teint öffnete die Tür.

»Hallo! Mein Name ist Lea Landgraf. Polizeihauptmeister Flessner hatte mein Kommen angekündigt«, sagte Lea betont freundlich. Sie wollte das Mädchen nicht unnötig einschüchtern.

»Sind Sie die Kommissarin?«

»Ja. Das hier ist mein Dienstausweis.«

»Kommen Sie rein«, sagte das Mädchen leise, »es ist ein wenig unordentlich. Ich bin am Packen. Jetzt, wo meine Freundin nicht mehr da ist, hält mich hier nichts mehr. Ich will schnellstmöglich nach Hause.«

»Das kann ich verstehen«, sagte Lea, trat ein und schaute sich in der geräumigen Wohnung um. Das Appartement im Landhausstil verfügte über mehrere Räume. Sämtliche Türen standen bis auf eine offen, sodass Lea sehr schnell die Räumlichkeit einem bestimmten Nutzen zuordnen konnte. Zwei waren Schlafzimmer, während die dritte Tür zum Bad führte. Lea vermutete hinter der verschlossenen Tür das Zimmer der Verstorbenen.

Der Wohn- und Essbereich zeigte sich hell und freundlich.

»Wie geht es Ihnen?«

»Mir geht es nicht gut. Ich bin total fertig. Den ganzen Tag bin ich nur am Heulen«, schluchzte Emi.

»Ich möchte Ihnen gerne ein paar Fragen stellen. Ist das für Sie in Ordnung?«

»Ich habe Ihrem Kollegen aus Aurich schon alles erzählt!«

»Was haben Sie dem Kriminalkommissar aus Aurich erzählt?«

»Sie können „Du" zu mir sagen.«

»Okay. Was hast du dem Kriminalkommissar erzählt?«

»Nur, dass ich mit meiner Freundin Leonie ein paar Urlaubstage auf Norderney verbringen wollte. Ich habe ihm erzählt, was wir an dem Tag gemacht haben und dass ich früh zu Bett gegangen bin.«

»Sonst nichts?«

»Ich habe ihm von dem Typen erzählt.«

»Welchem Typen?«

»Diesem Journalisten. Mit ihm waren wir abends verabredet.«

»Kannst du bitte den Abend etwas konkreter schildern?«

»Wie gesagt, wir waren mit diesem Typen verabredet. Er war Journalist und Fotograf. Leonie hatte ihn über ihren Blog kennengelernt. Die beiden wollten sich abends treffen und Leonie meinte, ich könnte mitkommen.«

»Wann war das?«

»Um 20 Uhr trafen wir uns bei diesen Seehunden in der Fußgängerzone. Von da aus sind wir zu einer Kneipe gelaufen. Sie hieß *Klabautermann*. Dort haben wir Bier getrunken und geredet. Eigentlich hat Leonie die ganze Zeit erzählt. Weder ich noch der Typ sind so richtig zu Wort gekommen. Der Typ hat nur einige Fragen gestellt.«

»Wie hieß dieser neue Bekannte deiner Freundin?«

»Warum möchten Sie das wissen?«

»Beantworte bitte meine Frage«, sagte Lea energisch.

»Keine Ahnung. Ihr Kollege wollte auch Namen und Adresse wissen. Damit konnte ich nicht dienen.«

»Hat deine Freundin einen Namen genannt?«

»Nein.«

»Hieß er zufällig Sven?«

»Weiß ich nicht. Kann sein, kann auch nicht sein«, schniefte die junge Frau.

»Hat er sich nicht vorgestellt?«

»Nein. Leonie sagte nur: Das ist der Insulaner. Ich fand diese Bezeichnung cool. Den ganzen Abend haben wir ihn nur mit ‚Insulaner' angesprochen, warum weiß ich auch nicht, aber es war lustig.«

»Wie sah er aus?«

»So wie alle. Groß, schlank, sportlich und zirka 35 Jahre alt. Er trug ein schwarzes Sweatshirt, eine schwarze Jeans und dunkelblaue Sneaker.«

»Was hast du dem Kommissar genau erzählt?«

»Nur, dass der Typ hier von der Insel kommt und dass er sich sehr merkwürdig verhalten hat.«

»Wie merkwürdig?«

»Merkwürdig eben.«

»Hat er sie ausgefragt?«

»Das habe ich doch alles schon Ihrem Kollegen erzählt.«

»Erzähle es bitte noch einmal.«

»Ja. Er hat gefragt, was Leonie macht und was sie auf Norderney noch so vor hat.«

»Was hat Leonie geantwortet?«

»Das Übliche. Sie hat von ihrem Blog berichtet, von ihren Reisen und dass sie später am Abend noch einen Termin hätte.«

»Wie verlief der Abend weiter?«

Gegen 21 Uhr wollten der Typ und auch Leonie plötzlich los. Leonie hat alles bezahlt, ein Taxi geordert und dann sind wir zusammen nach draußen gegangen. Es war mild. Ein richtig schöner Abend. Ich war angetrunken, hundemüde und wollte nur zurück in die Ferienwohnung. Der Typ hat sich verabschiedet, dann kam auch schon das Taxi und wir sind zur Ferienwohnung gefahren. Dort bin ich ausgestiegen. Leonie blieb im Taxi. So wie ich es verstanden habe, sollte das Taxi sie zum Hafen fahren.«

»Weißt du, was sie spät am Abend noch am Hafen wollte?«, fragte Lea.

»Sie wollte sich mit jemandem treffen. Sie sagte, sie wäre in zwei Stunden wieder da.«

»Hast du dir keine Sorgen gemacht?«, fragte Lea.

»Nein. Warum? Das macht sie öfters.«

»Könntest du kurz deine Freundin beschreiben? Größe? Haare? Kleidung?«

»Leonie hat in etwa die gleiche Statur wie ich. Wir sind gleich groß. An dem Abend trug sie Jeans und einen grauen

Hoodie. Haarfarbe dunkelbraun. Hier, das ist ein Foto von ihr. Ich habe es auf der Fähre gemacht.«

Emi hielt Lea ihr Smartphone vor die Nase.

»Reicht das?«

»Wann hast du deine Freundin zuletzt gesehen?«

»Als ich aus dem Taxi gestiegen bin. Sie hat mir noch zugewunken.«

Emi hielt inne. Tränen rannen über ihre Wangen. Es fiel ihr schwer, weiter zu reden.

»Deine Freundin war Bloggerin. Was wollte sie auf Norderney?«

»Leonie war Reisebloggerin. Da können Sie sich doch denken, was sie auf einer Insel wie Norderney wollte«, antwortet Emi respektlos.

»Was hast du gemacht, als du wieder im Appartement warst?«

»Ich habe mich geduscht und bin sofort ins Bett gegangen. Wie ich schon sagte, ich war leicht besoffen und hundemüde.«

»Wann hast du gemerkt, dass deine Freundin verschwunden war?«

»Am nächsten Morgen. Vor dem Frühstück wollte ich Leonie wecken. Immerhin war es bereits 11 Uhr. Ich habe mehrfach an ihre Zimmertür geklopft. Als sie nicht antwortete, habe ich nachgeschaut. Das Bett war unbenutzt. Die Vermieterin sagte, ich sollte zur Polizei gehen und das habe ich dann auch getan.«

Lea holte ein Foto aus der Tasche und zeigte Emi das Gesicht der toten Frau aus dem Hafen.

»Ist das deine Freundin?«

Emi erschrak. Sie wich zurück. Ihr Körper zitterte.

»Scheiße!«

Mit kalkweißem Gesicht betrachtete sie das Foto aus der Distanz.

»Ist das Leonie?«

»Wir vermuten, dass sie gestürzt und dann ins Wasser gefallen ist. Sie wurde gestern Morgen tot aus dem Hafenbecken gezogen.«

Sie schluckte und begann heftig zu weinen. Lea reichte ihr ein Papiertaschentuch.

»Sagt dir der Name Doktor Stratzleseer etwas?«

»Nein. Muss ich den kennen?«

»Hat deine Freundin etwas über das Treffen im Hafen gesagt?«

»Ja.«

»Und? Raus mit der Sprache. Was weißt du über dieses Treffen?«

»Leonie hat es mir auf der Fähre erzählt. Irgend so ein stinkreicher Snob hatte sie eingeladen, deshalb sollte sie abends zum Hafen kommen. Sie hatten sich in Dubai auf einer Touristikmesse kennengelernt. Das nächste Treffen sollte in Barcelona stattfinden, ist aber nicht zustande gekommen. Spontan kam die Einladung nach Norderney. Leonie lud mich ein, mitzufahren. Jetzt sitze ich hier. Ohne Leonie. Verrückt, oder?«

»Was weißt du über das Treffen in Barcelona?«

»Nichts! Leonie hat mir nichts erzählt. Sie erzählte mir nur, dass sie drei Wochen in Spanien war und die meiste Zeit am Pool verbracht hätte.«

»Leonie hatte einen Unfall in Spanien.«

»Davon hat sie mir nichts erzählt«, sagte Emi, während sie mit ihrer Sonnenbrille spielte, die sie mit beiden Händen hielt.

»Seitdem ihr hier angekommen seid, hattet ihr Kontakt mit anderen Personen?«

»Nur mit der Vermieterin.«

»Sonst mit niemanden?«

»Doch, mit zwei Typen.«

»Was für Typen?«, wollte Lea wissen.

»Sie sprachen Leonie auf der Fähre an. Am späten Nachmittag, nach unserer Radtour, haben wir sie wieder getroffen.«

»Wer waren die beiden?

»Sie hießen Tim und Kevin. Sie waren ein wenig hohl im Kopf, aber sonst ganz okay. Wir waren mit ihnen Pizza essen.«

»Und, wie ging es weiter?«

»Leonie hat Kevin schöne Augen gemacht. Daraufhin hat er alles bezahlt. Das war ein wenig gemein von Leonie, aber irgendwie cool von ihr.«

»Vollständiger Name? Wo kamen sie her und wo wohnen die beiden hier auf Norderney?«

»Keine Ahnung. Ich weiß nur, dass sie, wie wir, aus Köln kommen.

»Wie sahen sie aus?«

»Wie alle. Kevin trug eine *NEW YORK YANKEES - Baseball Cap*, ein schwarzes Shirt und Jeans. Tim trug ein dunkelblaues Shirt und ebenfalls Jeans. Er hatte einen Leberfleck auf dem linken Unterarm. Richtig groß. Fast so groß wie mein Smartphone. Sonst ist mir nichts aufgefallen.«

»Habt ihr keine Adressen oder Handynummern ausgetauscht?«

»Nein, ich habe nur ein Selfie auf der Fähre gemacht. Ich schicke es Ihnen auf ihr Handy.«

»Danke!«

»Was jetzt?«, schluchzte Emi.

»Halte dich bitte noch die nächsten Tage zu unserer Verfügung. Es könnte sein, dass wir dich noch einmal befragen müssen.«

»Warum?«, schluchzte Emi, »sie ist ertrunken. Was wollen Sie noch von mir?«

»Noch wissen wir nicht, ob sie ertrunken ist oder ob ein Fremdverschulden vorliegt.«

»Fremdverschulden? Was heißt das? Glaubt die Polizei, dass Emi geschubst wurde?«

»Das wird noch untersucht. Wie gesagt, halte dich bitte zu unserer Verfügung.«

»Okay.«

»Darf ich mir noch das Zimmer deiner Freundin ansehen?«, fragte Lea.

»Ja«, schluchzte Emi und zeigte zu der geschlossenen Tür.

Es war nach Leas Einschätzung neben dem Wohn- und Essbereich das größte Zimmer. Alles war ordentlich, nirgends lagen Kleidungsstücke. Neben dem Bett auf einem Nachtisch stand ein Notebook und daneben eine Wasserflasche.

Lea öffnete den kleinen, kaum 2 Meter breiten Kleiderschrank, der wie alle anderen Möbel, in freundlichen, hellblau-weißen Farben lackiert war.

Im Schrank befanden sich neben einem Rucksack T-Shirts, Unterwäsche sowie ein Paar Schuhe.

Lea machte einige Fotos mit dem Smartphone, schaute sich noch in den anderen Räumen um, verabschiedete sich und verließ das Appartement.

WARUM AUSGERECHNET IM *KLABAUTERMANN*? Lea nannte die Kneipe mittlerweile ihre zweite Heimat. Sabine schleppte sie an einem ihrer ersten Abende in diese Lokalität.

»Statt allein in deiner Bude zu hocken, geh` lieber mit mir. Ich zeige dir eine kultige Kneipe. Sie gehört zu den ältesten in Ostfriesland. Wer diese Kneipe nicht kennt, kennt Norderney nicht«, sagte Sabine. Lea hatte noch nicht einmal ihre Kartons ausgepackt und war kaum drei Tage auf der Insel, als sie in Sabines Schlepptau die Bierstube betrat. Seit dieser Zeit, war sie hier bereits unzählige Male gewesen. Im *Klabautermann* traf man Touristen und Einheimische. Lea mochte die Kneipe. Sie war gerne hier. Privat, nicht dienstlich.

Ihr jetziger Besuch war dienstlich und das schmeckte ihr gar nicht.

Verena stand wie immer hinter dem Tresen. Obwohl es früher Nachmittag war, saßen bereits einige Gäste vor einem frisch gezapften Bier.

»Moin, Lea. Du hier? Um diese Zeit? Hast du Bierdurst?«

»Moin, Verena. Bin im Dienst. Kannst du dich an zwei junge Frauen erinnern? Sie waren am Montagabend hier. Beide um die 20 Jahre. Die eine hatte kurze dunkle Haare mit Strähnchen und die andere hatte schulterlanges Haar. Sie verließen etwa gegen 21 Uhr 15 die Bierstube.«

»Klar. Es waren an dem Tag die einzigen weiblichen Personen hier. Sie saßen dort in der Ecke.«

Lea musste schlucken. In der Ecke stand der Tisch, an dem sie immer mit Sven saß. Die Ecke mit dem rechteckigen dunklen Tisch, den dunklen Stühlen mit den roten Polstern und der Tafel mit den Seemannsknoten an der Wand. Ihr Lieblingsplatz im *Klabautermann.*

»Und?«, fragte Lea.

»Nichts und. Die haben kaum etwas verzehrt. Waren nur am Reden. Kommunikation ist gut, aber ein wenig Umsatz kann auch nicht schaden.«

»Ich dachte ... War keiner der jungen Frauen angetrunken?«

»Wovon? Jeder hat nur ein Bier bestellt. Sonst nichts.«

»Waren die Frauen alleine?«

»Weshalb willst du das wissen?«

»Es geht um eine Vermisstenanzeige.«

»Ich habe nur die beiden Frauen gesehen«, flunkerte Verena.

»Keinen Mann?«

Verena schaute Lea nachdenklich an.

»Du musst nicht alles wissen, nur weil du bei der Kripo bist. Ich möchte diesem Gast nicht schaden. Deshalb halte ich jetzt lieber den Mund.«

»Da war ein Mann? Verena, du verschweigst mir etwas«, sagte Lea zu der Frau hinter dem Tresen.

»Wer saß hier zusammen mit den Frauen?«

Verena sagte nichts, säuberte Biergläser und schaute zu einem Gast, der nach einem frisch gezapften Bier verlangte.

»Kenne ich diese Person, Verena?«

»Frage mich, wenn du im Dienst bist.«

»Ich bin im Dienst!«

»So siehst du aus.« Verena lachte spöttisch.

»Willst du mich veräppeln?«

»Nein. Wer stellt hier die bescheuerten Fragen? Ich nicht.«

»Du sollst auch nicht fragen, nur antworten.«

»Ich habe dir alles gesagt.«

Lea ahnte, warum Verena so seltsam zurückhaltend reagierte.

»Ich muss jetzt gehen. Tschüss, Verena!«

Verwirrt verließ Lea das Lokal, eilte die Poststraße hinunter Richtung Kurplatz, um von dort zum Parkplatz neben dem Bade:haus zu laufen.

Da passten einige Dinge nicht zusammen. Warum hatte die Freundin behauptet, sie wäre angetrunken gewesen? Weshalb verschwieg sie den Namen der neuen Bekanntschaft?

Verena hatte den Namen des Gastes nicht genannt, dennoch wusste Lea jetzt, wer mit am Tisch gesessen hatte. Seine Telefonnummer befand sich auf dem Arm der Toten.

Kapitel 15

»Hallo, Lea! Gut, dass du wieder da bist. Ich habe einige interessante Informationen zusammengetragen.«

»Moment, Sabine. Ich muss kurz meine Sachen ablegen, dann komme ich zu dir.«

»Du findest mich nebenan!«, rief Sabine.

Lea war positiv überrascht, als sie den großen Besprechungsraum betrat. Ihre Mitarbeiterin hatte an eine Wand diverse Fotos und Notizen befestigt.

»Hoffentlich hält das die Tapete aus«, sagte Lea, als sie die zahllosen Klebestreifen sah.

»Was hast du herausgefunden?«

Sabine nahm einen Notizzettel in die Hand und begann ihre Stichwörter abzuarbeiten.

»Doktor Stratzleseer kommt aus München, studierte in ...«

»Sabine, wenn es möglich ist, bitte die Kurzfassung, auf uns wartet noch jede Menge Arbeit.«

»Gewöhnlich liegt seine Yacht im Hafen von Nizza. Für Wartungsarbeiten befand sich das Schiff mehrere Wochen im Dock einer Bremer Werft. Nach einem Abstecher nach Sylt machte die Yacht vor einigen Tagen im Hafen von Norderney fest.

Dieser Doktor Stratzleseer ist nicht überall gerne gesehen, zumal seine Mitarbeiter häufig handgreiflich werden. In Berlin kaufte dieser Unternehmer mehrere alte Miethäuser, sanierte sie und erhöhte die Mieten dermaßen, dass der überwiegende Teil der Mieter ausziehen musste. Mittlerweile formieren sich Bürgerinitiativen, die gegen solche Sanierungsmaßnahmen kämpfen, in der Regel ohne Erfolg. Immer wieder kommt es zu Auseinandersetzungen zwischen Security und Demonstranten. Die Presse berichtete über verzweifelte Mieter, die ihr Zuhause verloren haben und jetzt auf der Straße stehen.«

»Hier auf Norderney wird nichts saniert, nur neu gebaut.«

»Vermutlich liegt Hauptkommissar Eggers mit seiner Vermutung gar nicht so daneben. Es wäre denkbar, dass der Investor mit allen Mitteln versucht, diesen Neubau auf Norderney zu realisieren.«

»Möglich wäre es, aber Mord passt nicht zu ihm«, sagte Lea.

»Dieser Mann hat Dreck am Stecken. Da bin ich mir sicher.«

»WAS IST mit der Freundin der Toten vom Hafen? Hat sich der Besuch bei ihr gelohnt?«, wollte Sabine wissen.

»Schwer zu sagen. Sie trauert um ihre Freundin.«

»Kein Wunder, nach solch einem Vorfall.«

»Die beiden jungen Frauen schienen gegensätzlicher Natur gewesen zu sein, dennoch verstanden sie sich gut.«

. . .

»DA FÄLLT MIR ETWAS EIN. Die junge Frau, die den Farbbeutelanschlag auf Doktor Stratzleseer verübt hat, wollte eine Aussage machen. Hat sie zwischenzeitlich angerufen?«

»Jan Lankow hat angerufen. Die besagte Person war auf der Polizeidienststelle.«

»Was hat Sie ausgesagt?«

»Sie hat nur ihre persönlichen Daten dagelassen, aber keine Aussage gemacht.«

»Ätzend! Warum hat sie es nicht gemacht. Ich muss mit ihr sprechen. Wo ist ihre Anschrift?«

»Da, Lea. Direkt vor deiner Nase.«

Sabine hatte auch das Foto vom Personalausweis der Attentäterin ausgedruckt und aufgehängt.

»Übrigens, sie arbeitet im Hotel ‚Nordluft' in der Kreuzstraße. Nicht weit von hier. Zu Fuß nur ein paar Minuten.«

»Danke, Biene. Ich gehe sofort hin. Vielleicht treffe ich sie dort an. Ich bin gespannt, was diese Frau zu berichten hat. Bis später.«

SIE LIEF den Weg zu Fuß. Das Wetter war ideal für einen kleinen Spaziergang. Nur wenige Schleierwolken zogen über den sonst blauen Himmel. Die Sonne wärmte die Luft und sie schaffte es, die Temperatur bis auf 24 Grad ansteigen zu lassen. Vor den Cafés der Innenstadt gab es kaum noch freie Plätze. Gerne hätte sich Lea eine Pause gegönnt, einen Kaffee getrunken und ein Croissant gegessen, aber die Zeit drängte. Sie brauchte Ergebnisse.

In der Stadt gab es nur ein Gesprächsthema: Stratzleseer. Man munkelte hinter vorgehaltener Hand, dass der Stuhl von Bürgermeister Redenius wackeln würde. Auf der Titelseite der örtlichen Tageszeitung prangte in dicken schwarzen Lettern »Großprojekt vor dem Aus? Investor unter Mordverdacht.«

Lea war entsetzt. Wer hatte diese Informationen gestreut? Gab es eine undichte Stelle bei der Kripo in Aurich oder war Eggers selber Urheber dieser Info?

Nach einem kurzen Marsch von 10 Minuten stand Lea vor dem Hotel ‚Nordluft'. Ein neues, weißes Gebäude mit großen Fenstern, kleinen Balkonen und einem einladenden Eingangsbereich.

Lea hatte Glück. Die Gesuchte arbeitete an der Rezeption des Hotels. Erschrocken schaute sie Lea an, als diese das Foyer betrat. Flüchten konnte sie nicht. Lea sah Angst und Unsicherheit in ihren Augen.

»Guten Tag, Frau Kommissarin, was kann ich für Sie tun? Möchten Sie ein Zimmer?«, fragte sie höflich.

»Ich möchte mit Ihnen sprechen. Können wir uns kurz dort in der Sitzecke unterhalten?«

Lea zeigte zu zwei Ledersofas, die unweit der Rezeption standen.

»Ja. Ich werde meine Kollegin informieren. Sie wird so lange meinen Platz an der Rezeption einnehmen.«

Lea setzte sich in das schwarze, modern wirkende Sofa. Während sie in einem Hotelprospekt blätterte, tauchte die besagte Kollegin an der Rezeption auf. Gäste kamen und gingen. Wo blieb die Attentäterin?

Lea erhob sich von ihrem Platz und lief zur Rezeption.

»Hallo! Wo ist Ihre Kollegin?«

»Welche Kollegin?«

»Stcllcn Sic sich nicht dümmer als Sie sind.«

Lea war sauer, holte ihren Dienstausweis aus der Jackentasche und hielt ihn der Frau an der Rezeption vor die Nase.

»Ich bin Hauptkommissarin Landgraf. Wo ist Ihre Kollegin?«, fragte Lea scharf.

»Sie, sie, sie ist weg. Ich glaube, es ging ihr nicht gut«, stotterte die Frau an der Rezeption.

»Das glaube ich auch! Wenn sie wieder auftaucht, sagen

Sie ihr, sie soll mich umgehend anrufen, sonst werde ich sie von der Polizei suchen lassen und dann kann sie sich auf einiges gefasst machen.«

Wütend verließ Lea das Hotel.

»HALLO, Biene, ich bin wieder da!«

»Was hat die Farbbeutelwerferin gesagt?«, fragte Sabine neugierig.

»Nichts! Sie ist abgehauen.«

»Und jetzt? Willst du sie von der Polizei suchen lassen?«

»Nein. Ich hoffe, dass sie sich in den nächsten Stunden meldet.«

»Gibt es Neuigkeiten?«

»Das Lesen am Bildschirm macht echt müde. Ich habe die ganze Zeit den Blog dieser TravelGull23 durchgestöbert.«

Sabine kam aus ihrem Büro und gähnte.

»Und? Hast du etwas Interessantes gefunden?«

»Es ist eigenartig. Vor über einem Jahr hat sie noch sehr negativ über diesen Doktor Stratzleseer berichtet. Nach ihrem Aufenthalt in Spanien änderte sich ihr Ton.«

»Was mag da geschehen sein?«, fragte Lea.

»Konkretes war in dem Blog nicht zu finden. Jedenfalls schreibt sie seit geraumer Zeit sehr positiv über diesen Milliardär.«

»Irgendetwas muss vorgefallen sein, dass sie ihre Meinung geändert hat.«

»Ja! Es ist etwas Ungewöhnliches passiert«, fügte Sabine lapidar hinzu.

»Und was?«, wollte Lea wissen.

»Sie hat Geld bekommen. Ein hübsches Sümmchen.«

»Woher weißt du das, Sabine?«

»Ich habe da so meine Quellen«, sagte Sabine und lachte.

»Hast du wieder mit diesem Fabian geflirtet?«

»Wo denkst du hin! Ich habe ihn nur um einen Gefallen gebeten und er ist tätig geworden. Laut seiner Recherche wuchs das Konto von Leonie Famula im letzten Jahr um die stattliche Summe von 65.000 Euro.«

»65.000 Euro!«, wiederholte Lea erstaunt.

»Für meine Blessuren habe ich nichts bekommen. Nur ein Pflaster und Schmerztabletten«, frotzelte Sabine.

»Vermutlich bist du an den Falschen geraten.«

»Ja, vermutlich. Bei nächster Gelegenheit lege ich mich auch mit einem Milliardär an.«

»Ist dir Geld so wichtig?«

»Du hast recht, Lea. Meine Gesundheit ist mehr wert als 65.000 Euro.«

»Ich frage mich, warum Leonie trotzdem sterben musste. Stratzleseer hatte sie mit Geld gefügig gemacht. Es bestand somit kein Grund, sie aus dem Weg zu räumen.«

»Wollte sie mehr Geld? Hat sie Stratzleseer erpresst?«, spekulierte Sabine.

»Das wäre denkbar.«

»Eventuell war sie deshalb so spät am Abend am Hafen unterwegs.«

»Auch wenn es so gewesen wäre. Mord passt nicht zu Stratzleseer. Er ist Geschäftsmann und kein Gewaltverbrecher. Dieser Mann löst seine Probleme mit Einfluss und Geld.«

»Kriminalhauptkommissar Eggers sieht das anders.«

»Kein Wunder. Er hat auch nicht die Informationen, die wir haben.«

»Sind nur die mangelnden Informationen der Grund?«, fragte Sabine.

»Ich möchte das nicht weiter kommentieren. Die Zeit drängt. Wir müssen Fakten sammeln.«

. . .

SABINE GING ZURÜCK zu ihrem Schreibtisch. Lea folgte ihr. Sabine startete erneut das Video.

»Dieses Video zeigt Leonie am Hafen am Tag ihres Todes. Man sieht im Hintergrund die Yacht. Wenn man die junge Frau genau betrachtet, wirkt sie weder wütend noch aggressiv, im Gegenteil, sie scheint euphorisch, gut gelaunt und sehr positiv gestimmt zu sein. Vermutlich freut sie sich auf das bevorstehende Meeting. Ich denke, sie wollte dem Investor nicht schaden«, sagte Lea.

»Weshalb musste sie sterben?«

»Geld, Eifersucht, Eitelkeit, Wut, Hass – es gibt vielfältige Motive, die Menschen dazu verleiten, eine Straftat zu begehen. Stratzleseer hat sie definitiv nicht getötet. Von seinen Angestellten kommt wahrscheinlich auch keiner als Täter infrage. Den wahren Täter müssen wir wo anders suchen.«

»Wo?« Fragend schaute Sabine zu ihrer Chefin.

»Im direkten Umfeld der beiden Frauen. Mit wem hatten sie Kontakt? Wo haben sie sich auf der Insel aufgehalten? Mit wem haben sie gesprochen, beziehungsweise kommuniziert?«

»Ich könnte mit Fabian sprechen. Eventuell hat er noch Informationen für uns.«

»Wir benötigen die Verbindungsdaten der Handys.«

»Das wird nicht einfach sein, die zu erhalten. In Fernsehkrimis geht das immer schnell, die Praxis sieht da aber ganz anders aus. So etwas kann Wochen dauern«, sagte Sabine.

»Dann müssen wir andere Wege gehen. Ich rede mit der Polizeidienststelle.«

»Weshalb?«

»Es gibt zwei Zeugen. Zwei junge Männer aus Köln. Sie waren wenige Stunden vor dem Tötungsdelikt noch mit den beiden Frauen zusammen. Flessner muss sie schnellstens finden.«

»Hast du Namen und Adressen?«

»Nein, Biene. Ich habe nur die Vornamen. Beide kommen aus Köln. Emi Kunze hat mir ein Foto gesendet. Das Selfie wurde auf der Fähre aufgenommen. Ich gebe es weiter an Flessner. Die Polizei muss über die Vermieter versuchen, die Jungs ausfindig machen.«

»Kann ich noch etwas für dich tun?«

»Ja! Versuche bitte, alles über Emi Kunze herauszufinden. Sie war mit dem Opfer bis kurz vor deren Tod zusammen. Das Mädchen tut mir leid. Sie ist alleine in der großen Ferienwohnung und leidet sehr unter dem Tod ihrer Freundin. Wenn ich mehr über sie wüsste, könnte ich ihr vielleicht helfen.«

LEA TELEFONIERTE MIT JAN LANKOW, bevor sie das Foto und die Eckdaten zur Polizeidienststelle sandte. Kaum dass sie ihr Handy aus der Hand gelegt hatte, stand Sabine in der Tür. Ihr besorgter Blick passte so gar nicht zu ihrem farbenfrohen Outfit und der wuscheligen Frisur.

»Ich will dich nicht nerven, aber hast du inzwischen etwas von Sven gehört?«

»Ja und nein. Telefonisch ist er immer noch nicht erreichbar. Was mir Sorgen macht, ist die Aussage von Emi Kunze. Sie sprach von einem Fotografen, den sie und ihre Freundin kennengelernt hatten. Ihrer Beschreibung nach könnte es Sven gewesen sein.«

»Glaubt sie, dass dieser Fotograf der Täter ist?«

»Es machte den Eindruck. Zusammen waren sie im *Klabautermann.*«

»Im *Klabautermann*?«

»Ja, Biene, ausgerechnet im *Klabautermann*. Unsere Lieblingskneipe. Ich war dort. Du kennst Verena vom *Klabautermann*. Ich habe mit ihr gesprochen. Sie verhielt sich sehr seltsam, als ich fragte, mit wem die beiden Frauen sich im *Klabautermann* getroffen haben. Ich denke, sie wusste, dass es Sven gewesen war. Mir gegenüber hat sie Sven nicht erwähnt. Hauptkommissar Fleischmann hatte zuvor auch mit Emi Kunze gesprochen. Wenn er eins und eins zusammen zählt, wird Sven bald auf der Fahndungsliste stehen.«

»Was willst du machen?«

»Warten und hoffen, dass Sven sich bald meldet.«

»Willst du nicht nach ihm suchen?«

»Sabine, ich habe einen Job zu erledigen. Ich muss mich neutral und objektiv verhalten. Ich kann nicht aufgrund einer Vermutung meine Arbeit ruhen lassen und mich auf die Suche nach meinem Freund begeben.«

»Ich denke, du kannst deinen Freund nur schützen, wenn du den wahren Täter findest.«

»Ich weiß. Ich denke an nichts anderes. Uns bleibt wenig Zeit. Ich muss, bevor Eggers ...«

Lea stoppte mitten im Satz. Ihr Telefon klingelte. Eilig lief sie zu ihrem Schreibtisch.

»Hallo! Hier ist Lea Landgraf.«

»Ich sollte Sie anrufen.«

»Ja! Weshalb sind Sie weggelaufen?«

»Keine Ahnung. War eine spontane Reaktion.«

»Sie sagten, Sie hätten Informationen für mich?«

»Bevor ich mein Wissen preisgebe, müssen wir vorab etwas klären. Sie erinnern sich an den Farbbeutelwurf?«

»Natürlich!«

»Wenn ich Straffreiheit für diese Tat bekomme, erzähle ich Ihnen alles, was ich weiß.«

»Das kann ich nicht entscheiden. Dafür sind andere zuständig. Wir ermitteln in einem Tötungsdelikt. Ihre Informationen sind womöglich wichtig für unsere weitere Ermittlungsarbeit.«

»Straffreiheit!«, sagte die Anruferin stur.

»Ich schaue, was ich machen kann«, erwiderte Lea.

»Ich möchte das schriftlich. Mit Stempel und allem, was dazu gehört. Bringen Sie den Schrieb ins Hotel. Sobald ich es in Händen habe, melde ich mich wieder.«

»Das klingt nach Erpressung. Ich mache Ihnen einen Gegenvorschlag. Sie erzählen mir alles, was Sie wissen, und ich vergesse diese Erpressung, Ihre Flucht und die Behinderung der Polizei.«

Lea hörte ein heftiges Atmen, dann das Wort »Scheiße«, bevor das Telefonat abrupt beendet wurde.

»Was bildet sich diese Göre ein?«, schrie Lea wütend.

»Was ist los, Lea?«

Sabine kam aus ihrem Büro geschossen, als würde sie von einem Rudel Wölfe gejagt.

»Nichts ist los. Die Schnepfe will ihre Informationen nur kundtun, wenn sie dafür eine Gegenleistung erhält.«

»Willst du darauf eingehen?«

»Nein! Ich kann ihren Forderungen nicht entsprechen. Bevor ich auf ihren Erpressungsversuch eingehe, verzichte ich lieber auf ihre Informationen.«

»Und was wird jetzt aus dieser Farbbeutelwerferin?«

»Ich werde Flessner informieren. Er soll sich um diese Frau kümmern. Sie muss sich für ihre Tat verantworten. Mit etwas Glück kommt sie mit einer Bewährungsstrafe davon.«

LEA WAR WÜTEND. Den Grund dafür konnte sie nicht genau definieren, aber sie wusste, dass derzeit einiges schief lief. Es gab mehr Fragezeichen als Ausrufungszeichen und das war nicht gut.

Sie wusste, mit dieser Wut im Bauch konnte sie keine klaren Entscheidungen treffen. Zorn half ihr nicht bei den Ermittlungen. Lea verabschiedete sich von Sabine, wünschte ihr einen schönen Feierabend, nahm Schlüssel und Jacke und verließ das Büro. Sie brauchte eine Unterbrechung, eine

Pause und etwas Distanz, um wieder klar denken zu können. Die beste Quelle, um Energie und neue Motivation zu tanken, war 15 Minuten entfernt und hieß Tante Martha.

ES KAM IHR SEHR GELEGEN, dass sie ihre Vermieterin draußen vor dem Haus antraf. Die alte Dame war wie so oft, mit dem Besen unterwegs. Auch wenn augenscheinlich alles sauber war, fegte Tante Martha ihre Auffahrt und den geklinkerten Weg zur Vordertür. Sie fegte morgens, sie fegte mittags und sie fegte abends. Lea kannte Tante Martha fast nur mit einem Besen in der Hand. Die vitale Rentnerin war immer im Einsatz. Ihr Anliegen war jeden Tag das Gleiche: Staub, Dreck und Laub den Kampf anzusagen. Ihre Waffen: Besen, Kehrblech und ein alter schwarzer Eimer. Im Haus kamen Staubsauger, Putzlappen und Handfeger zum Einsatz. Sauberkeit war bei ihr höchstes Gebot.

»Moin Tante Martha. Das ist mit Abstand das sauberste Grundstück auf ganz Norderney.«

»Jetzt übertreibe aber nicht, Lea. Hier gibt es noch so viel zu tun. Manchmal fehlt mir die Zeit, um alles sauber zu halten, aber morgen ist ja auch noch ein Tag.«

Die rüstige Rentnerin stellte ihre Reinigungsutensilien in den kleinen Geräteschuppen, der versteckt zwischen zwei Apfelbäumen hinter dem Haus stand.

»Wie wäre es mit einer Tasse Tee? Ich habe einen Obstkuchen gebacken. Den musst du probieren.«

Keine 10 Minuten dauerte es, bis Lea in der gemütlichen Wohnküche vor einem gedeckten Tisch mit Tee und einem dicken Stück Kirschkuchen saß.

»Bist du alleine? Ich dachte, dein Freund käme mit. Wer soll jetzt den ganzen Kuchen essen?«

»Sven ist nicht da.«

»Du kiekst so bedrövt«, sagte Tante Martha. »Ist was mit ihm?«

»Seit Tagen kann ich Sven nicht erreichen. Ich habe ihn mehrfach angerufen und ihm Nachrichten geschickt. Nichts! Er meldet sich nicht bei mir. Zuletzt wurde er im *Klabautermann* gesehen, zusammen mit zwei jungen Frauen. Jetzt ist eine dieser Frauen tot.«

»Das klingt ja furchtbar. Und du meinst, dass dein Sven etwas damit zu tun hat?« Fragend schaute Tante Martha zu Lea. »Mädchen! Hast du so wenig Vertrauen zu dem Jungen?«

»Warum meldet er sich nicht? Ich brauche ihn für eine Zeugenaussage.«

»Geht es wirklich nur um die Zeugenaussage?«

»Nein, Tante Martha, natürlich nicht. Ich mach mir Sorgen.«

»Sven ist ein anständiger Junge. Der hat sicherlich einen Grund, weshalb er sich nicht bei dir meldet. Geduld, Lea. Der wird schon auftauchen. Jetzt trinke erst einmal eine Tasse Tee und esse ein Stück Kuchen. Dann sieht die Welt wieder ganz anders aus.«

Über eine Stunde saß Lea in der gemütlichen kleinen Küche. Tante Martha hatte viel zu erzählen. Sie schilderte das Inselleben, wie es war, als nur wenige Feriengäste Norderney besuchten. Sie berichtete über lange Winterabende und wie sie als Kind in der Nordsee gebadet hatte. Lea hörte ihr gerne zu.

»Ich werde Ohren und Augen offen halten. Wenn ich etwas über Sven erfahre, sage ich dir Bescheid.«

»Danke, du bist ein Schatz!«

Tante Martha packte Lea ein paar Stücke Kuchen für Sabine ein. Lea verabschiedete sich. Ihre Wohnung war nur ein paar Schritte entfernt.

»Mache dir keine Sorgen. Sven wird schon wieder auftauchen.«

Nach dem Plausch mit Tante Martha holte sich Lea eine Flasche Rotwein aus der Küche, legte eine CD von *Elton John* ein, setzte sich auf ihr Sofa und dachte nach. Sie hatte keine Lust auf Fernsehen.

Lea ließ noch einmal in Gedanken die vergangenen Tage Revue passieren. Sie dachte an Sabines Unfall. *Auslöser war eine Demo gewesen. Eine ähnliche Demonstration wie vor dem Conversationshaus. War dieser Hotelneubau die Ursache für alles? Lag Eggers mit seinen Vermutungen richtig? Steckte tatsächlich Doktor Stratzleseer hinter diesem Verbrechen? Vieles sprach dafür.*

In ihrer Ausbildung hatte sie gelernt, alles infrage zu stellen. Lea nahm einen Schluck aus dem Weinglas, erhob sich von dem Sofa und holte sich Papier und Kugelschreiber. Nachdenklich saß sie am Wohnzimmertisch. Sie notierte alles, was gegen Stratzleseer als Täter sprach.

Es war 20 Minuten nach Mitternacht, als ihr der Stift aus den Händen fiel. Verschlafen schaute sie auf das Geschriebene. Lea nahm erneut den Kugelschreiber zur Hand und kreiste zwei Namen ein.

Sollte ich mit meinem Bauchgefühl richtig liegen, wird Hauptkommissar Eggers die Wände hochgehen. Zufrieden über das Ergebnis ihres kreativen Abends löschte sie das Licht.

Kapitel 16

Sabine saß bereits am Schreibtisch, als Lea zur Tür hereinkam.

»Guten Morgen, Biene.«

»Moin, Lea. Schlecht geschlafen?«

»Nee. Bin nur zu spät ins Bett gekommen.«

»Fernsehen?«

»Nein, der Fall ließ mich nicht los. Emi, die Freundin des Opfers, zeigte mir ein Foto. Ein Selfie mit zwei Jungs aus Köln. Sie hatte es auf der Fähre gemacht. Ich habe dir davon erzählt.«

»Haben die beiden etwas mit dem Tötungsdelikt zu tun?«

»Ich denke, sie sind das fehlende Puzzleteil. So bald sie gefunden werden, wissen wir mehr. Erkundige dich bitte bei der Polizei und der Reederei, ob es etwas Neues zu diesen Zeugen gibt. Übrigens, hast du etwas über Emi Kunze herausgefunden?«

»Ja! Sie arbeitete als Verkäuferin in einer Boutique in Köln. Sie wuchs mit vier Geschwistern auf. Bis vor drei Wochen wohnte sie noch bei ihren Eltern in einer Hochhaussiedlung auf dem Kölnberg im Stadtteil Meschenich. In dem Hochhauskomplex leben etwa 4.000 Menschen aus über 60

Nationen. Ein sozialer Brennpunkt. Ihre jetzige Adresse ist mir nicht bekannt. Ich werde weiter forschen.«

»Wie hat sie Leonie kennen gelernt? Die beiden kommen, wie es scheint, aus unterschiedlichen Welten.«

»Gleiche Schule.«

»Sonst noch etwas? Einkommen? Freunde?«

»Einkommen wenig, Freunde viele. *Instagram, Facebook* und *youtube*. Was ich bei *Facebook* entdeckt habe, sprengt jede Vorstellungskraft.«

»Weshalb verstanden sie sich so gut?«

»Ähnliche Interessen. Leonie hatte ihren Reiseblog und Emi gab im Netz Kosmetik- und Modetipps.«

»Das hätte ich ihr gar nicht zugetraut.«

»Bevor ich es vergesse, du solltest Doktor Maibach anrufen. Er hat vor zehn Minuten nach dir verlangt.«

GERNE HÄTTE sie auf dieses Gespräch verzichtet. Morgens gab es für sie wesentlich Angenehmeres als ein Telefonat mit der Staatsanwaltschaft. Lea wurde sofort zu Doktor Maibach durchgestellt.

»Guten Morgen, Frau Landgraf! Wie weit sind Sie mit Ihren Ermittlungen?« Maibachs Stimmlage erinnerte Lea an ihre Schulzeit. Ihr Chemielehrer, ein Mann kurz vor der Pensionierung, zeigte sich im Schulalltag konservativer als ihr Großvater im Kleingartenverein »Sommerwind«. Disziplin war vorrangig, Fleiß oberstes Gebot und zu spät kommen wurde schwer geahndet.

»Wir sind mittendrin, Herr Doktor Maibach. In diesem Augenblick werten wir alle uns bekannten Informationen und Fakten aus.«

»Haben Sie etwas Greifbares vorzuweisen, Frau Landgraf?«

»Ich denke, ich kann Ihnen in 10 Tagen Konkretes mitteilen.«

»Frau Landgraf, wir brauchen jetzt Ergebnisse und nicht in 10 Tagen. Die Kriminalpolizei in Aurich ist Ihnen da ein gutes Stück voraus. Wenn die das Tempo beibehalten, kann Herr Eggers womöglich in wenigen Tagen ein Ergebnis präsentieren. Aktuell befragt er Zagan Raske. Die Rechtsmedizin fand Spuren von Reizgas in den Atemwegen des Opfers. Raske führte bei seiner Festnahme Reizgas mit sich. Wie Sie wissen, ist Raske ein enger Mitarbeiter von Doktor Stratzleseer. Es wird nicht mehr lange dauern und dieser Raske knickt ein. Um seine Haut zu retten, wird er versuchen, seinen Chef zu belasten. Wissen Sie, was das bedeutet? Ende! Das dringend benötigte Hotelprojekt ist dann vom Tisch. Eine Katastrophe für Bürgermeister Redenius und für Norderney.«

»Was hat Eggers in der Hand?«, wollte Lea wissen.

»Das Opfer starb unmittelbar vor der Yacht des Milliardärs. Mehr muss ich ja wohl nicht sagen. Werden Sie aktiv, Frau Landgraf. Ihnen bleibt wenig Zeit.«

»Ich habe bereits ...«

»Frau Landgraf, ich weiß, dass sie engagiert sind. Sie müssen sich aber darüber im Klaren sein, dass mit dem Aus des Hotelprojekts auch Ihr Job auf der Kippe steht.«

Lea wollte antworten, doch Maibach hatte bereits aufgelegt. Wütend gab sie dem Papierkorb, der neben dem Schreibtisch stand, einen Tritt, sodass dieser in hohem Bogen gegen die Wand flog. Der Inhalt verteilte sich im Raum.

»Was ist passiert?«

Sabine kam ins Büro gestürmt.

»Nur der Papierkorb. Er stand am falschen Platz.«

»Was hat der Staatsanwalt gesagt?«

»Er will Ergebnisse. Schnell! Möglichst bis morgen.«

»Als wenn das so einfach wäre. Du kannst doch keinen Mörder aus dem Hut zaubern.«

»Korrekt, Biene! Deshalb gehen wir jetzt in den Besprechungsraum und schauen uns alles noch einmal genau an. Möglicherweise haben wir etwas Wichtiges übersehen.«

Sabine hatte die Längswand, die gegenüber vom Fenster lag, mit Ausdrucken, Fotos und vielen kleinen Klebezetteln drapiert. Wie bei einem Besuch in einer Kunstgalerie lief Lea von links nach rechts. Sie betrachtete die Dinge, die dort an der Wand hingen, als seien es Werke zeitgenössischer Künstler. Manchmal verweilte sie kurz, ging ganz nahe an das Objekt heran, um im nächsten Augenblick ihre Aufmerksamkeit einem anderen Detail zu widmen. Sabine hatte wirklich alles aufgehängt, selbst Leas Notizen, die sie auf ihren Block gekritzelt hatte.

»Ich möchte mir das Video noch einmal ansehen.«

»Welches Video?«

»Aus dem Internetblog von Leonie Famula. Lass uns zu meinem Rechner gehen. Ich habe das Video heruntergeladen. Wir sollten es uns in meinem Schnittprogramm anschauen.«

»Warum?«, fragte Sabine neugierig.

»Zeitlupe! In meinem Bearbeitungsprogramm kann ich jede Sequenz in verschiedenen Geschwindigkeiten abspielen, so werden Details besser sichtbar.«

Das Video zeigte die junge Frau, wie sie auf dem Vorplatz unweit des Terminals stand und mit ihren Followern sprach. Im Hintergrund war schemenhaft die Yacht von Doktor Stratzleseer zu erkennen.

»Wie oft müssen wir uns das Video noch anschauen?«, stöhnte Sabine.

»Bis wir jedes noch so kleine Detail wahrgenommen haben.«

»Ich habe nicht mitgezählt, aber die Aufnahme sehe ich bestimmt zum zwanzigsten Mal.«

»Richtig. Und? Ist dir etwas aufgefallen?«, fragte Lea.

»Die Frau trägt sauteure Klamotten.«

»Und?«

»Nichts und.«

»Schau mal nach links. Sie hält etwas in der Hand. Was könnte das sein?«

»Keine Ahnung. Ein Kleidungsstück, ein Beutel oder ...«

»Ich bin mir sicher, das ist die Tasche der Toten. Am Tatort wurde sie nicht gefunden.«

»Vielleicht hat der Täter sie ins Wasser geworfen«, sagte Sabine gelangweilt.

»Wäre möglich. Eggers hatte einen Taucher angefordert. Dieser hat nichts gefunden.«

»Das bedeutet, die Tasche wurde vom Täter entwendet oder ist bei Ebbe auf das offene Meer getrieben worden«, sagte Sabine.

»Eine Handtasche mit Inhalt treibt nicht so schnell ab. Irgendjemand hat die Tasche an sich genommen, da bin ich mir ganz sicher.«

»Nur wer?«

Kapitel 17

Es war bereits Mittag.

»Wollen wir etwas essen?«, fragte Sabine vorsichtig.

»Nein. Ich habe keinen Hunger.«

»Die Vergrößerung ist gut geworden.«

»Ich kann auf dem Bild nichts Konkretes erkennen«, erwiderte Sabine.

»Ich schon.«

»Das Ding am Bildrand ist tatsächlich eine Tasche. Eine besondere Tasche. So etwas kauft man nicht an jeder Ecke. Das hier ist ein Designerstück. Ich kenne das Teil. Ich habe es vor Kurzem gesehen.«

»Wo?«

»Ich weiß es nicht.«

»Wenn die Tasche futsch ist, dann war es Raub.«

»Wenn es Raub war, dann hat die Tat weder etwas mit den Protesten zu tun, noch mit Stratzleseer.«

»Klingt logisch.« Sabine schaute auf die Uhr.

»Können wir jetzt etwas essen?«

Lea schien abwesend zu sein. Sie reagierte nicht auf die Frage ihrer Mitarbeiterin, die bereits dem Hungertod ins Auge sah.

»Wenn ich nur wüsste, wo ich diese Tasche gesehen habe«, grübelte Lea.

»Vielleicht im Internet, in der Stadt, in einem Schaufenster oder in einer Modezeitschrift.«

»Ich lese keine Modezeitschriften. Irgendwann wird es mir wieder einfallen.

»Maibach ist ungeduldig. Was willst du ihm erzählen, wenn er wieder anruft?«

»Ich werde ihm erzählen, wer die Tasche der Toten entwendet hat.«

»Ich dachte, du tappst noch im Dunkeln.«

»Stimmt! Aber das muss er nicht wissen. Ich benötige mehr Zeit und deshalb werde ich mir etwas einfallen lassen.«

Lea griff zum Telefon, das sich schon mehrfach bemerkbar gemacht hatte. Sabine schaute unentschlossen von links nach rechts. Sollte sie jetzt in die Küche gehen oder sich wieder an den Schreibtisch setzen? Sie entschied sich für Letzteres.

»WAS IST LOS? Gehst du? Was ist mit unserer Mittagspause? Hast du keinen Hunger?«

»Ich fahre zur Polizeidienststelle. Essen kann ich später. Flessner rief gerade an, er hat die beiden Jungs gefunden. Mehr oder weniger freiwillig sitzen sie jetzt im Verhörraum und warten auf die Befragung.«

»Warten die schon lange?«

»Seit zwei Stunden. Flessner meint, eine kleine erzieherische Maßnahme könnte den beiden nicht schaden.«

»Wenn die bereits so lange warten, dann können sie sich auch noch bis nach unserer Mittagspause gedulden.«

»Du musst heute alleine Pause machen. Die Zeugen gehen vor.«

. . .

EINE STUNDE BEFRAGTE Lea im Beisein von Jan Lankow die Zwanzigjährigen. Sie kamen aus Köln Chorweiler. Ihr Auto parkte in Norddeich. Wie sie berichteten, war es ihr erster Besuch auf Norderney und vermutlich auch ihr letzter. Eingeschüchtert von der Polizeiaktion saßen sie mit gesenktem Kopf im Verhörraum. Lea wollte sie einzeln befragen, was den jungen Männern nicht zusagte. Um der Situation Würze zu verleihen, ließ Flessner jeweils einen der beiden in der Arrestzelle warten, bis er an die Reihe kam.

Ihre Aussagen waren nahezu identisch. Beide berichteten, wie sie die Mädchen auf der Fähre kennengelernt hatten. Noch am gleichen Tag gab es ein zweites Treffen. Die jungen Frauen ließen sich von den hormongesteuerten Männern zu Pizza, Cola und Eis einladen. Ein teurer, von den Jungs nicht geplanter Nachmittag.

Ihren Wunsch, mit zur Ferienwohnung zu gehen, lehnten die jungen Frauen ab. Man verabredete sich für den nächsten Tag am Strand.

Enttäuscht darüber, dass Emi und Leonie ohne sie den Abend verbringen wollten, warteten sie geduldig vor der Ferienwohnung der Mädchen. Übereinstimmend schilderten sie, wie sie den Mädchen folgten, als diese das Haus wieder verließen. Fast 20 Minuten liefen sie in gebührendem Abstand hinter Leonie und Emi her, bis diese in der Fußgängerzone plötzlich Halt machten. Gerade, als sie sich den Frauen nähern wollten, tauchte ein etwa 35-jähriger Mann auf. Enttäuscht, dass die Mädchen eine andere Beziehung hatten, liefen sie zurück zu ihrer Unterkunft.

»Tim war stinksauer.«

»Sie nicht?«, fragte Lea.

»Sauer nicht. Ich war enttäuscht«, erwiderte Kevin.

»Was war das für ein Mann, mit dem sich die beiden Frauen getroffen haben?«, wollte Flessner wissen, der mittlerweile Jan Lankows Platz eingenommen hatte.

»Ein sportlicher Typ. Etwa meine Größe. Hier, ich habe ein Foto gemacht.«

»Sie besitzen ein Foto und das sagen Sie erst jetzt?«

»Die Mädchen dürfen das nicht erfahren, dass ich sie heimlich mit ihrem Lover fotografiert habe. Das müssen Sie mir versprechen.«

»Wir haben andere Sorgen!«, sagte Flessner schroff.

Er riss dem verdutzten 20-Jährigen das Smartphone aus der Hand und betrachtete das Display. Was er sah, verschlug ihm die Sprache.

»Was ist los, Herr Flessner?«

»Sehen Sie sich das Foto an.«

Lea ahnte, wer dort abgelichtet war. Sie tat überrascht, sagte aber nichts.

»Wie Sie sagten, haben Sie die Frauen gegen 20 Uhr zuletzt gesehen. Ist das richtig? Wo waren Sie gegen 22 Uhr?«

Unabhängig von einander wiederholten sie ihre Aussage. Danach waren beide zu der fraglichen Zeit im Bett und schauten einen Actionfilm.

»Das heißt, Sie haben kein Alibi.«

»Doch! Wir waren in der Ferienwohnung.«

»Kann das jemand bezeugen?«

»Ja, mein Freund. Wir haben zusammen diesen Film geschaut.«

Jan Lankow brachte die beiden jungen Männer in einen Nebenraum.

»Was sollen wir mit ihnen machen?«

»Mein Bauchgefühl sagt mir, dass die beiden Jungs uns nicht die Wahrheit gesagt haben. Leider haben wir nichts in der Hand, um sie länger fest zu halten. Wir müssen sie gehen lassen.«

»Korrekt, Frau Landgraf. Wir sollten sie aber im Auge behalten.«

»Ja. Ich werde den beiden auf den Fersen bleiben.«

Nachdem die jungen Männer das Protokoll unterschrieben hatten, erfuhren sie den wahren Grund des Verhörs. Es schien, als hätte der Bärtige die Nachricht nicht verstanden. Unbeeindruckt saß er im Verhörraum und starrte auf die gegenüberliegende Wand, während sein Freund in Tränen ausbrach, als er von dem Tod des Mädchens hörte. Lankow holte Wasser. Zitternd griff er nach dem Wasserglas. Sein Kumpel fasste seinen Arm und krallte seine Finger in seinen Ärmel.

»Hör auf zu flennen. Wir sind hier nicht im Kindergarten!«

»Sie können gehen. Halten Sie sich aber für eine weitere Befragung zur Verfügung. In den nächsten drei Tagen sollten Sie die Insel nicht verlassen«, sagte Flessner trocken.

Lankow brachte die beiden zum Ausgang. Mit gesenktem Kopf verließen sie die Polizeidienststelle.

»SIE WISSEN, dass ich die Kriminalpolizei Aurich informieren muss«. Flessners Äußerung klang sachlich, hölzern und amtlich, als würde er einen Gesetzestext rezitieren. Lea spürte, dass dem altgedienten Polizisten die Situation unangenehm war.

»Ja, Herr Flessner, ich weiß. Tun Sie das«, erwiderte Lea leise.

»Könnten Sie das Foto bis morgen Mittag zurückhalten?«

»Ich versuche es.«

»Danke, Herr Flessner.«

Lea stieg in ihren Dienstwagen und fuhr von der Auffahrt. Sie kam nicht weit. Nach 200 Metern stoppte sie.

»Verdammt, Sven! In was bist du da hineingeraten?«

Lea trommelte mit den Fäusten gegen das Lenkrad.

»Melde dich, damit ich dir helfen kann!«

Mehrere Minuten verharrte sie dort, bevor sie den Motor erneut startete und losfuhr. Ihr Ziel, die Ferienwohnung von Tim und Kevin.

Kapitel 18

»Sie haben Glück, Frau Kommissarin, die Jungs sind vor wenigen Minuten zurückgekommen. Ich wollte gerade mit ‚Willi' Gassi gehen. ‚Willi' ist bereits 14 Jahre alt. Für einen Rauhaardackel ist das ein gutes Alter. Alle zwei Stunden muss ich mit ihm raus.«

»Die beiden jungen Männer. Wo finde ich sie?«

»Sie müssten in der Ferienwohnung sein. Ich habe nur zwei. Treppe hoch, zweite Tür rechts. Ich habe es mit der Hüfte.«

»Bleiben Sie ruhig hier unten. Ich finde den Weg alleine.«

»Sind Sie wegen der Toten vom Hafen hier? Wurde sie wirklich erschlagen und ins Wasser geworfen?«

»Wir sind mittendrin in den Ermittlungen. Noch ist nicht klar, wie das Mädchen gestorben ist. Vermutlich war es ein Unfall.«

Der Besitzer der Ferienwohnung lugte durch die halb offene Tür, verfolgte mit großen Augen, wie Lea die Treppe betrat.

»Ein Unfall? Beim Friseur erzählte man ganz was anderes.«

»Glauben Sie nicht alles, was erzählt wird.«

»Ja, da haben Sie recht. Es wird viel erzählt. Neulich zum Beispiel, da ...«

Urplötzlich war ein lautes Pfeifen zu hören. Ein Teekessel. Lea hörte eine Tür knallen, dann war Stille.

Endlich Ruhe.

Sie lief die Treppe hoch, den kleinen Flur entlang und klopfte an die Tür zur Ferienwohnung. Oben war es ebenso still wie unten. Erst als Lea direkt vor der Tür stand, hörte sie Musik. Sie kam aus der Ferienwohnung. Lea klopfte.

»Hallo, kann ich Sie kurz sprechen?«

Keine Antwort. Lea wartete. Klopfte erneut. Nichts. Nach vier Minuten warten, lief sie die Treppe wieder hinunter und klingelte nochmals bei dem Vermieter. Er öffnete sofort, als hätte er die ganze Zeit hinter der Tür gewartet.

»Herr Bethke, könnten Sie bitte die Tür von der Ferienwohnung aufschließen?«

»Wieso? Darf ich das?«

»Natürlich. Es ist Ihre Wohnung und ich glaube, Gefahr ist im Verzug.«

Der Vermieter stapfte gemächlich die Treppe hoch, in der Hand einen Schlüsselbund und plauderte über das Wetter, das nach seiner Meinung in diesem Jahr sehr wechselhaft sei.

»Meine Hüfte. Ein Jahr noch, dann höre ich auf mit der Vermietung. Seit meine Frau nicht mehr da ist, muss ich alles alleine machen. Es ist nicht einfach. Das Treppensteigen fällt mir von Tag zu Tag schwerer.«

»Haben Sie keine Hilfe?«

»Einmal in der Woche kommt jemand zum Saubermachen.«

Gefühlt dauerte der Aufstieg eine Ewigkeit. Lea musste sich notgedrungen in Geduld üben.

»Haben Sie geklopft?«, fragte er.

»Ja! Mehrfach. Niemand öffnet.«

Es dauerte eine Weile, bis der Rentner den passenden Schlüssel gefunden hatte.

»Bleiben Sie bitte draußen«, sagte Lea in einem Befehlston. »Ich schaue mir die Wohnung zunächst alleine an. Ich hoffe, den Jungs ist nichts passiert.«

Neugierig verfolgte der Vermieter mit starrem Blick, wie Lea die Ferienwohnung betrat und von Raum zu Raum ging.

»Sie sagten doch, sie wären gerade zurückgekommen?«

»Ja, Frau Kommissarin. Da bin ich mir ganz sicher. Gerade als ich mit dem Hund das Haus verlassen wollte, liefen sie die Treppe hoch. Sind sie nicht da?«

»Nein, die beiden sind ausgeflogen.«

»Wo sind sie hin?«

»Weder Kleidung, Schuhe noch Gepäck ist vorhanden. Auch im Bad ist nichts mehr. Ich denke, die beiden jungen Männer sind abgehauen.«

»Sie haben die Rechnung noch nicht bezahlt. Sie müssen sie aufhalten. Sie sind doch von der Polizei. Ich brauche das Geld. Meine Rente ist nur klein.«

Lea schaute auf die Uhr.

»Mist, hoffentlich ist die Fähre noch nicht ausgelaufen.« Lea wählte die Nummer von Flessner.

»Hallo, Herr Flessner, ich benötige umgehend Ihre Hilfe. Die beiden jungen Männer sind weg. Vermutlich sind sie auf der Fähre nach Norddeich. Sie dürfen die Insel nicht verlassen. Ich sende ein Foto der beiden zur Reederei.«

»Haben Sie es übers Handy versucht?«, fragte Flessner.

»Ja. Sie melden sich nicht. Ich denke, die Geräte sind ausgeschaltet.«

LEA SCHAUTE SICH UM. Die Ferienwohnung war verdreckt. Überall standen Teller mit Essensresten, in der Küche türmten sich Töpfe, Gläser und Tassen. Auf den Betten stapelten sich

Pizzakartons, Zigarettenverpackungen und Chipstüten. Auf dem Fußboden lagen leere Flaschen. Es roch unangenehm nach Schweiß, kaltem Rauch und verdorbenen Lebensmitteln.

»In den nächsten Tagen darf niemand diese Wohnung betreten. Sie dürfen hier weder aufräumen noch reinigen.«

»In vier Tagen kommen neue Feriengäste«, sagte der Alte, der noch immer neugierig in der Tür stand und jede Bewegung von Lea gespannt verfolgte.

»Denen müssen Sie absagen. Bevor Sie von uns keine Freigabe bekommen, bleibt die Wohnung versiegelt.«

»Und wer bezahlt mir den Verlust?«

»Wenn Sie Glück haben, Vater Staat.«

LEA TELEFONIERTE MIT SABINE. Sie schilderte kurz ihre Situation und fuhr direkt von der Ferienwohnung zum Hafen.

Die Polizei war bereits da. Lea parkte direkt hinter dem Einsatzfahrzeug, das unmittelbar vor dem ‚Haus Schiffahrt' stand. Eilig lief sie zum Terminal, zeigte ihren Dienstausweis und rannte nach draußen zum Fähranleger. Lankow und eine Kollegin unterhielten sich gerade mit einem Mitarbeiter der Reederei.

»Moin Frau Landgraf. Wir waren sieben Minuten zu spät. Wenn die Gesuchten an Bord sind, können wir sie vielleicht noch in Norddeich erwischen. Ich habe die Kollegen auf dem Festland bereits informiert. Sie werden die Augen offen halten.«

»Danke, Herr Lankow.«

VERÄRGERT, dass ihr Tim und Kevin entwischt waren, lief sie zurück zum Parkplatz. An ihrem Wagen lehnte ein sportlicher Mann in dunkler Kleidung.

»Sie hätte ich hier jetzt nicht erwartet.«

»Was für ein Zufall. Moin Frau Hauptkommissarin. Ich wollte Sie gerade anrufen, als ich Ihren Wagen hier stehen sah.«

»Moin Herr Eggers. Was führt Sie auf die Insel?«

»Ich war dort drüben auf dem Boot. Der Eigner hat uns gestattet, die Zeugenbefragung an Bord zu machen. Somit können wir uns die Räumlichkeiten in einem Hotel sparen.«

»Und wollen Sie wissen, warum ich hier am Fähranleger bin?«

»Nein, das ist nicht der Kern meines Anliegens, vielmehr bin ich enttäuscht. Nein! Ich bin entsetzt über Ihr Verhalten. Wie kommen Sie dazu, wichtige Beweismittel zurückzuhalten?«

»Wovon reden Sie?«

»Herr Flessner, mit dem ich vor 20 Minuten gesprochen habe, teilte mir etwas Unfassbares mit.«

»Ich kann Ihnen nicht folgen.«

»Sie wissen genau, was ich meine.«

»Nein, Herr Eggers.«

»Ein Beweisfoto. Ich befrage hier stundenlang Zeugen und Sie halten das Foto eines mutmaßlichen Täters zurück. Sind Sie noch ganz bei Trost?«, schrie Eggers unvermittelt.

Menschen blieben abrupt stehen, schauten entsetzt, um im nächsten Augenblick mit Taschen und Koffern ihren Weg fortzusetzen.

»Schreien Sie mich nicht an! Es war eine taktische Maßnahme.«

»Taktisch? Sie haben Beweismittel unterschlagen. Das wird ein Disziplinarverfahren nach sich ziehen. Darauf können Sie sich verlassen. Wo sind diese Zeugen?«

»Welche Zeugen?«, sagte Lea ruhig.

»Die jungen Männer, die das Foto erstellt haben. Wir können sie telefonisch nicht erreichen. Fleischmann ist gerade in der Ferienwohnung. Dort sind sie auch nicht. Wissen Sie etwas?«

»Sie sind abgehauen. Vor etwas 15 Minuten mit der Fähre.«

»Prima! Das haben Sie sehr gut gemacht. Wie sollen wir jetzt die beiden Männer befragen? Soll ich ihnen nachreisen? Vielleicht in Köln die Befragung durchführen. Ich hoffe für Sie, dass wir die beiden noch in Norddeich erwischen.«

»Viel Erfolg! Tschüss Herr Eggers.«

TIM SCHOB die Rucksäcke unter die Plane, schaute sich noch einmal um und kroch dann zu Kevin. Die Ladefläche des Transporters bot genug Platz für beide. Zwischen Maurerkübel, Schalbrettern und einer Mischmaschine fanden sie Platz. Dass die Plane dreckig war und nach Mörtel roch, störte sie nicht. Hauptsache, sie kamen ungesehen auf das Festland. Als nach einer Stunde Türen knallen, der Motor startete und sich das Fahrzeug in Bewegung setzte, tropften Schweißperlen von ihrer Stirn.

»Hast du die Ladefläche kontrolliert? Nicht, dass uns die Abdeckplanen unterwegs wegfliegen«, hörten sie eine rauchige Stimme sagen.

»Klar! Da kann nichts passieren.«

Angstvoll lugte Kevin durch ein Loch in der Plane.

»Entspann dich. Hier sind wir sicher. Die Bullen werden uns nicht finden. Sobald das Fahrzeug die Fähre verlassen hat und irgendwo anhält, springen wir von der Ladefläche und verschwinden.«

Kapitel 19

Hauptkommissar Eggers saß hinter seinem Schreibtisch und schaute auf die Titelseite der ‚Ostfriesen-Zeitung'. In seinem Gesicht las man deutlich, dass ihm die Schlagzeile missfiel. Seit geraumer Zeit arbeitete er fast rund um die Uhr. Seine Kinder sah er kaum noch. Morgens, wenn er getrieben das Haus verließ, entdeckte er Tränen in den Augen seiner Frau.

»Warum sind wir nicht in Lingen geblieben?« Sie hatte diese Frage nie ausgesprochen, aber er wusste, was in ihrem Kopf vor sich ging. Sie hatten kaum Zeit zum Reden, gemeinsame Unternehmungen gab es seit Monaten nicht mehr. Und Sex? Er liebte seine Frau, aber Familie, Beruf und der Umzug nach Ostfriesland forderten ihren Tribut. Es musste etwas geschehen. So konnte es nicht weiter gehen. Seine Frau und seine Kinder waren für ihn der Mittelpunkt des Lebens und den wollte er nicht verlieren. Er musste diesen Fall schleunigst abschließen.

Diese tote junge Frau, das war für ihn eine Herausforderung, die ihm viel abverlangte. Noch stand der Staatsanwalt hinter ihm. Würde das auch in zwei Wochen noch so sein, wenn der Erfolg ausbleiben würde? Noch einen Umzug würde seine Frau nicht verkraften.

Er musste an Norderney denken und an die erste Begegnung mit dieser jungen Kommissarin. Er mochte sie nicht sonderlich. Ihm waren alle suspekt, die vom LKA kamen. Norderney war sein Revier, dort hatte eine weitere Ermittlerin nichts zu suchen. Nach Abschluss dieses Falles wollte er mit seinem Vorgesetzten reden. Diese Frau musste aus seinem Territorium verschwinden.

Zagan Raske schwieg nach wie vor. Doktor Stratzleseer und seine Partnerin erwiesen sich wider Erwarten als Problem. Ein Problem, das er in dieser Form noch nie kennengelernt hatte. Sie waren schwer oder gar nicht zu erreichen und selten zu sprechen. Ständig wurden Termine ignoriert, verschoben oder unter einem Vorwand abgesagt. Seltsamerweise folgten keine Konsequenzen. Was waren das für Leute, die sich so ein Verhalten erlauben konnten?

Einen ganzen Tag verbrachte er auf der Luxusjacht und befragte sämtliche Mitarbeiter des Milliardärs. Das Ergebnis war ernüchternd. Niemand hatte etwas gesehen oder gehört. Der Schiffseigner ließ sich von seinem Rechtsbeistand vertreten. Eva Mühlbauer, Chefsekretärin und Freundin von Stratzleseer, zeigte sich verschlossen. Sie antwortete zögerlich oder gar nicht. Angeblich hatte sie zur Tatzeit tief und fest geschlafen, wie viele der Crew.

Eggers wusste, dass er nur wenig in der Hand hatte. Seine Beweislage war dünn. Dennoch hielt er an seinem Verdacht fest. Er wollte derjenige sein, der diesen Milliardär zu Fall bringen würde. In seinen Augen war es an der Zeit, diesen Menschen in seine Schranken zu weisen. »Geld sollte kein Freibrief für Gewalttaten sein«, so seine Devise.

An diesem Morgen hellte sich sein Antlitz auf und das lag nicht an der guten Laune, die Fleischmann versprühte. Mehr war es das Fax, das urplötzlich auf der Ostfriesen-Zeitung landete. Ein Schreiben aus Hannover. Endlich hatte man die Kritzelei auf dem Arm der Toten vom Hafen entziffert.

Eggers strahlte. Es ging voran. Laut dieser Mitteilung handelte es sich um die Nummer eines Mobiltelefons. Die Fachleute in Hannover konnten selbst die fast ausgewaschenen Schriftzeichen entschlüsseln. Groß und doppelt unterstrichen lag die komplette Rufnummer jetzt vor ihm. Nicht nur das, sogar der Inhaber der Nummer war inklusive Anschrift aufgeführt. Eggers fühlte sich gut.

Es war 14 Uhr, als Fleischmann ein Foto ausdruckte. Man hatte dem Namen ein Gesicht zugeordnet. Die Daten kamen vom Einwohnermeldeamt. Enthusiastisch lief Eggers durchs Büro.

»Fleischmann! Wir haben ihn«, rief Eggers laut.

»Wir haben den Täter?«

»Schauen Sie sich die Bilder an. Das ist der Mann, dessen Handynummer auf dem Arm der Toten gefunden wurde und das ist der Mann, der zusammen mit dem Opfer fotografiert wurde.«

Eggers zeigte mit dem Finger auf das Foto.

»Dieses Foto entstand zwei Stunden vor ihrem Tod. Und jetzt ist der Typ unauffindbar. Klingelt es bei Ihnen Fleischmann? Das ist unser Mann. Das ist der Täter.«

»Was ist mit dem Milliardär? In welcher Verbindung ...?«

»Fleischmann, denken Sie nach. Geld ist die Verbindung.«

SOFORT INFORMIERTE EGGERS DIE STAATSANWALTSCHAFT. Noch am Nachmittag bekam die Kripo Aurich »grünes Licht« für eine groß angelegte Fahndung. Gesucht wurde ein freier Journalist und Fotograf mit dem Namen Sven Kreuzer, wohnhaft auf Norderney. Anfangsverdacht: Mord aus niedrigen Beweggründen.

Lea war ahnungslos.

Kapitel 20

Lea stoppte, als ihr Smartphone plötzlich einen Signalton von sich gab. Sie zog das Handy aus der Tasche und schaute auf das Display. Eine *WhatsApp-Nachricht* von Sabine.

Lea musste die Nachricht wiederholt lesen. Ihr Puls beschleunigte sich, ihr Herz schlug heftiger, als sie registrierte, was dort geschrieben stand.

Sabine hatte die Nachricht von Fabian Kiefer bekommen. Ohne zu überlegen, sendete sie ihrer Chefin diese Information. Lea war geschockt. Eggers hatte die Kritzelei vom Arm der Toten entschlüsselt und fahndete jetzt nach ihrem Freund.

Seit Tagen hatte sie von Sven keine Nachricht erhalten. Jetzt befand er sich in einer prekären Situation. Gerne hätte sie alles stehen und liegen gelassen, sich auf die Suche begeben, um ihm zu helfen, dennoch hielt sie sich bewusst zurück. Sie saß in ihrem kleinen Dienstwagen und dachte nach. *Sollte sie ihren Job aufs Spiel setzen, um ihrem Freund zu helfen?*

»Ja. Er würde es auch für mich tun«, sagte Lea leise, wendete ihren Wagen und fuhr zu Svens Wohnung, in der Hoffnung, ihn da anzutreffen oder dort Hinweise auf seinen Aufenthaltsort zu finden.

. . .

LEA KAM ZU SPÄT. Die Polizei war bereits vor Ort.

Lea parkte in einer Nebenstraße und wartete. Sie sah, wie die Beamten zur Eingangstür liefen. Als niemand öffnete, teilten sie sich auf und umrundeten das Gebäude. Ein Nachbar lugte neugierig über die Hecke. Die Beamten gingen zu ihm und unterhielten sich mehrere Minuten mit ihm. Nach etwa 20 Minuten verließen sie das Grundstück und gingen zur Straße. Sie redeten und telefonierten. Fast 10 Minuten dauerte es, bis sie in ihre Wagen stiegen und davon fuhren. Lea wartete, bis die Streifenwagen außer Sichtweite waren, fuhr aus der Seitenstraße heraus und parkte vor dem Wohnhaus. Sie lief zum Eingang. Der Weg war ihr vertraut. Lea blieb stehen und schaute verwundert auf den Briefkasten, der neben dem Eingang angebracht war. Er quoll über mit Zeitungen und Werbedrucksachen. *Untypisch für Sven. Gewöhnlich leert er seinen Briefkasten täglich.* Lea läutete mehrmals. Nichts.

Sven wohnte im ersten Obergeschoss, insofern war es ihr nicht möglich, durch die Fenster zu schauen. Lea hatte einen Schlüssel von Svens Wohnung. *Sollte sie ihn benutzen? Nein! Sie wollte nicht in Svens Privatleben schnüffeln. Vermutlich hatte er Gründe für sein Verschwinden.* Sie hoffte, dass alles nur ein Missverständnis war. *Ihr Freund und ein Mörder?* Das konnte und wollte sie sich nicht vorstellen.

SIE LIEF AUCH, wie die Kollegen vor ihr, einmal um das Haus, konnte aber nichts Ungewöhnliches entdecken.

»Sind Sie auch von der Polizei?«

Es war der Nachbar, der noch immer neugierig über die Hecke schaute.

»Haben Sie den jungen Mann gesehen, der hier im Obergeschoss wohnt? Ich müsste ihn sprechen«, fragte Lea.

»Nein. Der war schon lange nicht mehr hier.«

»Wissen Sie, wo ich ihn finden könnte?«

»Nee. Arbeiten tut der nicht. Der ist nur mit dem Fotoapparat unterwegs und knipst Viecher. Der ist einer von diesen Ökos. Als ich jung war, gab es so etwas nicht. Wir mussten noch richtig arbeiten. Fast 40 Jahre bin ich zur See gefahren. Eine harte Zeit.«

»Danke für Ihre Auskunft.«

Lea schaute zu den Fenstern hoch. Alle waren geschlossen. Kein Vorhang bewegte sich, kein Mensch schaute hinaus und nirgends war ein Licht zu sehen. Was war los? Machte ihr Freund, ohne eine Nachricht zu hinterlassen, Urlaub?

Lea lief zurück zu ihrem Auto. Immer wieder schaute sie sich um. Kaum, dass sie im Auto saß, machte sich ihr Smartphone bemerkbar.

»Lea, wo steckst du? Doktor Maibach hat bereits mehrfach angerufen. Du möchtest ihn umgehend zurückrufen.«

»Ich bin noch unterwegs. Ich werde ihn vom Auto aus anrufen. In 20 Minuten bin ich zurück. Bis gleich.«

LEA SCHAUTE AUF DIE UHR. Um diese Zeit müsste Doktor Maibach erreichbar sein. Sie nahm ihr Smartphone und wählte die Nummer der Staatsanwaltschaft Aurich.

»Moment, ich verbinde Sie mit Doktor Maibach.« Wie immer klang die Stimme zickig. Lea hatte diese Vorzimmerdame noch nie von Angesicht zu Angesicht gesehen, dennoch hegte sie eine Abneigung gegen diese Person.

»Maibach!« Die Stimme hatte wenig Schmeichelhaftes an sich.

»Moin, Herr Doktor Maibach«, sagte Lea betont freundlich.

»Sie rufen spät zurück.«

»Tut mir leid, Herr Doktor Maibach. Ich musste noch einen Zeugen befragen.«

»Da sie schon beim Thema sind, komme ich gleich zur

Sache. Herr Eggers rief mich vor zwei Stunden an. Er war, wie soll ich sagen, etwas entrüstet. Sie haben, so sagte er, Beweismittel zurückgehalten. So geht das nicht, Frau Landgraf. Ich war auf Ihrer Seite. Diese Art von Ermittlungsarbeit schätze ich nicht im Geringsten. Ginge es nicht um so etwas Wichtiges, wie die Zukunft einer ostfriesischen Insel, so würde ich Sie umgehend von diesem Fall abziehen.«

»Ich musste ...«

»Nein, Frau Landgraf. Was Sie müssen, bestimme ich und was Sie unterlassen sollen, bestimmt das Gesetz. Beweismittel zurückzuhalten, ist eine Straftat. Ich hoffe, Sie sind sich darüber im Klaren.«

»Herr Doktor Maibach, es ging in diesem Fall um ...«

»Ich werde ein Auge zudrücken. Sie wissen, es steht einiges auf dem Spiel. Vermeiden Sie in Zukunft solche Anfängerfehler. Eggers ist Ihnen einen Schritt voraus. Gegenwärtig fahndet er nach dem mutmaßlichen Täter und parallel versucht er, Doktor Stratzleseer vorzuladen. Sie müssen endlich Resultate liefern, Frau Landgraf. Ihnen bleibt nicht mehr viel Zeit. Halten Sie mich auf dem Laufenden. Schönen Abend, Frau Landgraf!«

Was sollte das? Warum musste er sich so aufspielen? Lea war sich keiner Schuld bewusst. Sie vermutete Ärger mit der Ehefrau, Sexentzug oder beides. Auch Männer in seiner Gehaltsklasse können nicht alle Probleme mit Baccara Rosen, sündhaft teurem Schmuck oder einem Candle Light Dinner lösen. Gerne hätte sie Doktor Maibach ihre Meinung gesagt. Lea war sauer. Sie startete ihren Dienstwagen und fuhr mit viel zu hoher Geschwindigkeit zu ihrer Wohnung. Ihr war klar, sie musste sich beruhigen, entspannen und ernsthaft über alles nachdenken. Gut, dass sie noch eine Flasche Rotwein zu Hause hatte.

Kapitel 21

Lea war früh wach. Draußen war es mild. Die Sonne schien. Die Vögel sangen. Mit einem Becher Kaffee in der Hand saß sie auf der alten Bank unter den Apfelbäumen.

»Moin, Lea. Es ist noch vor 6 Uhr. Was machst du um diese Zeit im Garten?«

»Guten Morgen, Tante Martha. Ich konnte nicht mehr schlafen.«

»Du siehst nicht gut aus, Kindchen. Ist es wegen Sven?«

»Ja. Die Kriminalpolizei fahndet nach ihm.«

»Lass die Kriminalpolizei nach ihm fahnden. Ist doch egal. Ich bin mir sicher, dass der Junge nichts ausgefressen hat. Sven ist kein Krimineller.«

»Ja, vermutlich hast du recht.«

»Natürlich habe ich recht. Höre auf dein Bauchgefühl. Nur weil die Auricher Kriminalpolizei in die falsche Richtung rennt, musst du das nicht auch noch machen.«

»Glaubst du, dass ich mich verrannt habe?«

»Ja. Sonst würdest du hier nicht im Garten sitzen und grübeln. Die Lea, die ich kenne, kann nicht still sitzen, wenn es darum geht, einen Fall zu lösen.«

Tante Martha hatte die Wahrheit gesagt. Lea ermittelte auf

Sparflamme. Irgendwie hatte sie die ganze Zeit die Befürchtung, sie könnte Beweise finden, die gegen Sven sprechen würden. Sie wollte und durfte ihn nicht belasten.

»Danke, Tante Martha.«

»Wofür?«

»Für deine Hilfe.«

Lea sprang von ihrem Platz auf, rannte ins Haus, duschte, zog sich frische Sachen an, aß hastig einen Joghurt, um dann nach wenigen Minuten mit Jacke und Schlüssel eilig das Haus zu verlassen.

Von unterwegs telefonierte sie mit der Staatsanwaltschaft. Lea machte den Vorgang dringlich, was dazu führte, dass die angeforderten Kriminaltechniker mit dem Flugzeug kamen und bereits am frühen Morgen vor Ort waren.

Der Vermieter der Ferienwohnung war erbost. Fast panisch lief er umher, als ginge es um sein Leben. Ständig beschwerte er sich über die Maßnahmen, die Lea eingeleitet hatte.

»Wir müssen nach Spuren suchen. Machen Sie sich keine Sorgen, die Männer in den weißen Overalls sind bald wieder verschwunden. Nächste Woche können Sie die Wohnung wieder neu vermieten.« Lea versuchte den Mann, der mit seinem kläffendem Dackel vor ihr stand, zu beruhigen.

Weshalb hatten die beiden jungen Männer überstürzt die Wohnung verlassen? Die Kriminaltechniker nahmen ihre Arbeit auf.

»Haben Sie die Stufen gesehen?« Aufgebracht stand der Vermieter vor der Treppe.

»Wer soll das wieder sauber machen?«

»Das werde ich klären. Zunächst bleiben die Räumlichkeiten unter Verschluss. Sie werden wieder von uns hören«, sagte Lea in einem ruhigen, sachlichen Ton.

»Schauen Sie sich den Fußboden an. Als wäre eine Herde

Deichschafe hier durch gelaufen. Ich muss jetzt wieder den ganzen Tag wischen. Und das mit meiner Hüfte.«

»Es tut mir leid. Ich würde Ihnen gerne helfen, aber ich muss noch ein Tötungsdelikt aufklären.«

GEGEN 10 UHR bekam Lea eine Nachricht. Emi schrieb ihr eine Mitteilung per *WhatsApp*.

»Entschuldigen Sie meine spontane Abreise. Ohne meine Freundin Leonie fühle ich mich auf Norderney nicht mehr wohl. Jetzt bin ich wieder zu Hause in Köln. Falls Sie noch etwas wissen wollen, rufen Sie mich an oder senden Sie mir eine Nachricht. Aber bitte erst nach der Beisetzung von Leonie. Gruß Emi.«

Emi war abgereist. Lea konnte ihr das nicht übel nehmen. Obwohl noch einige Fragen im Raum standen, musste sie Emi´s spontane Abreise akzeptieren. Wäre sie nur gestern noch einmal zu ihr gefahren. Lea ärgerte sich.

WAS ERHOFFTE sie sich von der kriminaltechnischen Untersuchung? Lea wusste es nicht. Es war ein Bauchgefühl gewesen. Sie wollte nur sichergehen, nichts übersehen zu haben. Die Kriminaltechniker verfügten über einen geschulten Blick, Erfahrung und über alle technischen Möglichkeiten, um auch die kleinsten Spuren und Hinweise zu finden.

Den ganzen Vormittag wurde Quadratmeter für Quadratmeter untersucht. Lea hielt sich überwiegend draußen auf. Zwischendurch versorgte sie die Kollegen mit Kaffee und Brötchen.

Sabine wusste von der Aktion. Sie hielt Kontakt zur Polizei und der Reederei.

Gegen Mittag machte sich Leas Smartphone bemerkbar.

»Hallo, Lea. Ich habe eine interessante Nachricht für dich.«

»Sind die Jungs gefasst worden?«

»Nein! Die Gesuchten wurden weder auf der Fähre, noch in Norddeich gesichtet. Ich wollte dir ...«

»Entschuldige, dass ich dich unterbreche, aber ich muss zurück in die Ferienwohnung. Wir sind hier noch nicht fertig.«

»Lea, nur eine Sekunde.«

»Fasse dich kurz, Sabine. Ich muss anschließend noch zum Hafen.«

»Halt dich fest, Lea. Ich habe heute Morgen das Fahrrad von Sven gesehen. Es stand in der ‚Heinrichstraße'.«

»Bist du dir sicher? War das wirklich sein Fahrrad?«

»Ganz sicher.«

»Danke, Biene. Ich werde ihm eine Nachricht schreiben. Ich denke, es wäre sinnvoll, wenn er sich umgehend bei der Polizei melden würde.«

»Nein, Lea, mach das nicht. Hauptkommissar Eggers sieht das möglicherweise als Beihilfe an. Nachher bist du wegen dieser Lappalie deinen Job los. Ich habe vorhin mit Fabian Kiefer gesprochen, er sagte, Eggers will dir mit allen Mitteln schaden.«

»Okay. Ich warte einen Tag. Danke für die Info.«

Die Arbeit der Kriminaltechniker zog sich in die Länge. Grund war auch das Chaos, das die jungen Männer hinterlassen hatten. Die Beamten vom Erkennungsdienst waren nicht zu beneiden. Sie mussten sich durch Dreck, Essensreste und Müll wühlen. Nach zwei Stunden verabschiedete Lea sich von den Technikern und fuhr zum Hafen. Ein Polizist blieb vor Ort.

. . .

WIE BEIM ERSTEN Besuch auf der Yacht musste sie auch an diesem Tag ihren Dienstausweis zeigen, bevor der Mann von der Security den Schiffseigner informierte.

Doktor Stratzleseer kam persönlich zur Gangway, um Lea abzuholen.

»Guten Tag, Frau Hauptkommissarin. Schön, dass Sie mich aufsuchen. Ich denke, wir haben einiges zu besprechen.«

»Moin, Herr Doktor Stratzleseer. Mir brennen noch ein paar Fragen unter den Fingernägeln.«

Stratzleseer führte Lea zu seinem Büro, das wider Erwarten bescheiden ausfiel.

»Möchten Sie einen Tee, einen Kaffee oder ein Wasser?«

»Einen Kaffee. Bitte ohne Milch und Zucker.«

Stratzleseer telefonierte, bevor er sich zu Lea setzte. Das Büro, spartanisch eingerichtet, verfügte über einen Schreibtisch mit Glasplatte, ein Sideboard sowie einen kleinen Tisch, ebenfalls mit Glasplatte, und zwei weißen Ledersesseln.

»Kaffee kommt sofort.«

»Herr Doktor Stratzleseer, seit Tagen wird ihr Mitarbeiter Raske von der Auricher Kriminalpolizei festgehalten. Was wirft man ihm vor?«

»Raske macht immer wieder den gleichen Fehler. Wir kennen uns seit der Schulzeit. Ein kluger Kopf, aber er kommt einfach nicht von diesem Zeug los. Zum wiederholten Mal wurde er mit Kokain erwischt. Ich hoffe inständig, dass er jetzt endlich kapiert, dass diese Droge ihm nur Probleme bereitet.«

»Was wollte Herr Raske in Ostfriesland?«

»Raske ist mein Rechtsbeistand. Er ist ein verrückter Typ, aber ein sehr guter Jurist.«

»Er ist Jurist?«

»Ein exzellenter Anwalt. Doktor jur. Raske vertritt seit Jahren die Münchner Schickeria in allen juristischen Belangen. Er hatte für mich einen Vertrag ausgearbeitet. Er kam, um diesen Vertrag mit der Bloggerin zu verhandeln. Diese Neuen Medien sind ein Minenfeld, wer da vertraglich nicht hundertprozentig abgesichert ist, kann leicht zu Schaden kommen. Ich wollte dieses Mädchen für mein Unternehmen gewinnen, da ich mich zukünftig ganz neu aufstellen möchte. Sie wäre ein echter Gewinn für uns gewesen. Leider kam es nicht mehr zur Vertragsunterzeichnung. Raske musste unverrichteter Dinge wieder abreisen.«

»Haben Sie das auch der Auricher Kriminalpolizei erzählt?«

»Natürlich. Aber dieser Hauptkommissar Eggers hört nicht zu. Der Mann ist verbissen. Er hat sich in den Kopf gesetzt, dass alle wohlhabenden Menschen in Deutschland Dreck am Stecken haben. Ich habe es aufgegeben, mit diesem Beamten zu diskutieren.«

»Was denken Sie, ist in dieser Nacht passiert, in der Leonie ins Wasser fiel und ertrank?«

»Ich kannte das Mädchen gut. In Barcelona hatten wir ein wenig Stress. Schuld war ein Stalker. Ein naiver junger Mann mit geringer Bildung. Er kam vermutlich aus einfachen Verhältnissen, was in meinen Augen kein Makel ist. In der Welt, in der ich mich bewege, war er total überfordert. Im Gegensatz zu Leonie. Leonie war belesen, intelligent, empathisch und welterfahren. Sie bewegte sich auf jedem Parkett sicher und souverän. Dieser Stalker, der ihr seit Monaten folgte, hätte beinahe eine Katastrophe ausgelöst. Ohne meine Beziehung zu den Behörden und dem juristischen Beistand von Dr. Raske säße ich jetzt nicht hier.«

»Was ist in Barcelona vorgefallen?«

»Ersparen Sie mir Details. Das Ganze ist Schnee von gestern.«

»Wissen Sie, wie der Stalker hieß?«

»Nein. War mir auch nicht wichtig. Ein junger Typ. Etwa

18 Jahre alt. Ich kann mich nur an einen Leberfleck erinnern, den er auf dem linken Unterarm trug, groß wie eine Kinderhand.«

Lea trank ihren Kaffee aus und verabschiedete sich von Doktor Stratzleseer, der sie zur Gangway begleitete.

»Eine Frau wie Sie könnte ich in meinem Unternehmen gebrauchen. Hätten Sie Interesse?«

»Ich denke nicht. Mir gefällt es ganz gut bei der Kripo.«

»Bei mir verdienen Sie das Fünffache.«

»Geld ist nicht alles. Trotzdem Danke für das Angebot. Tschüss, Herr Doktor Stratzleseer.«

Lea fuhr zurück zur Ferienwohnung. Laut einer *Whats-App-Nachricht*, die sie vor wenigen Minuten erhalten hatte, waren die Beamten vom Erkennungsdienst mit ihrer Arbeit fertig.

Die Alukoffer standen an der Straße. Die beiden Männer warteten vor dem Polizeiauto, das sie zurück zum Flugplatz bringen sollte. Lea ließ sich noch schnell von den Männern unterrichten, bevor diese einstiegen und mit dem Kollegen davon fuhren.

Die Räume waren wieder begehbar. Lea lief von Zimmer zu Zimmer. Sie war erleichtert. Der Einsatz des Erkennungsdienstes hatte sich gelohnt. Jetzt musste sie nur noch den Staatsanwalt überzeugen. Würde er aufgrund ihrer Vermutungen handeln?

Kapitel 22

»Hallo, Lea. Gut, dass du wieder da bist. Hauptkommissar Eggers hat angerufen. Er war total sauer. Ihm ist zu Ohren gekommen, dass du ermittelst. Er sagte, das würde Folgen haben.«

»Ist mir egal. Der soll sich um seinen Scheiß kümmern. Ich habe andere Sorgen. Wie spät ist es?«

»Gleich 16 Uhr. Warum?«

»Ist der Staatsanwalt noch zu erreichen?«

»Ich denke ja. So weit ich informiert bin, macht er gewöhnlich bis 14 Uhr 30 Mittag. Danach ist er durchgängig bis 18 Uhr in seinem Büro zu erreichen.«

»Gut! Ich möchte in den nächsten 20 Minuten nicht gestört werden.«

»Was ist los, Lea?«

»Erzähle ich dir später.«

»MOIN! Hauptkommissarin Lea Landgraf. Ich möchte Staatsanwalt Doktor Maibach sprechen.«

»Staatsanwalt Doktor Maibach ist in einem Meeting«, hörte sie eine herablassende weibliche Stimme sagen.

»Dann holen Sie ihn bitte aus diesem Meeting. Es ist dringend.«

»Ich glaube, ich kann Staatsanwalt Doktor Maibach nicht ohne Grund stören. Nennen Sie mir Ihr Anliegen. Ich werde sehen, was ich für Sie tun kann.«

Lea wurde lauter. »Ich habe Ihnen mein Anliegen bereits genannt. Ich möchte Doktor Maibach sprechen.«

Für einen Moment herrschte Stille am Telefon.

»Moment, ich versuche zu Herrn Doktor Maibach durchzustellen.«

»GUTEN TAG, Frau Landgraf. Sie wissen, dass sie mich in einer wichtigen Besprechung stören? Ich hoffe, ihr Anliegen rechtfertigt diese Unterbrechung.«

Ohne sich vorher zu entschuldigen, ging Lea sofort auf ihr Anliegen ein. Sie schilderte ausführlich ihre Vermutungen, stützte sie mit interessanten Details aus ihren Ermittlungen und berichtete über ihre Zeugenbefragungen, ihre Recherchen und die Erkenntnisse von Rechtsmedizin und Erkennungsdienst.

»Das hätte ich jetzt nicht erwartet, Frau Landgraf«, sagte Doktor Maibach hörbar überrascht.

»Sind Sie sich ganz sicher?«

»Ja, Herr Staatsanwalt. Ich bin mir hundertprozentig sicher.«

»Ich begebe mich in gefährliche Gewässer. Wir müssen mit einer anderen Dienststelle zusammenarbeiten, in einer anderen Stadt, in einem anderen Bundesland. Es steht für Sie und mich einiges auf dem Spiel.«

»Das ist mir klar. Dennoch gibt es keine Alternative. Ich werde gleich morgen früh fahren.«

»Gut, machen Sie das. Meine Mitarbeiterin wird alles vorbereiten. Sie wird die Fahrkarten und alle erforderlichen

Dokumente in Norddeich bei der Reederei hinterlegen. Enttäuschen Sie mich nicht, Frau Landgraf.«

»Keine Sorge, Herr Doktor Maibach. Ich hatte ein längeres Telefonat mit der Kriminalpolizei in Köln. Laut Recherche der Kollegen hält sich die Zielperson in der Markusstraße auf. Seit einigen Stunden wird die Wohnung permanent von einer Zivilstreife observiert. Sobald ich vor Ort bin, erfolgt der Zugriff.«

»Ich hoffe, Sie wissen, was Sie tun. Übrigens, bis zum jetzigen Zeitpunkt weiß niemand hier in Aurich von Ihrer Aktion. Wenn jemand davon Wind bekommt, brennt hier die Luft.«

»Danke für Ihr Vertrauen. Morgen früh um 7 Uhr bin ich auf der Fähre. Mein Zug fährt um kurz nach 8 Uhr ab Bahnhof Norddeich Mole. Er ist noch vor Mittag in Köln. Dort wartet Hauptkommissar Kettwig auf mich. Sobald ich vor Ort bin, werden wir mit einem kleinen Einsatzteam zur besagten Adresse fahren. Laut Hauptkommissar Kettwig, hat seit gestern niemand die Wohnung verlassen. Wir werden das Überraschungsmoment nutzen und können hoffentlich die Person ohne Widerstand festnehmen.«

»Viel Erfolg, Frau Landgraf und gute Fahrt nach Köln. Halten Sie mich bitte auf dem Laufenden.«

SIE MUSSTE DAS ALLEINE DURCHZIEHEN. Hauptkommissar Eggers traute sie nicht. Es war schwierig gewesen, Doktor Maibachs Zustimmung zu bekommen. Gerne hätte sie ihn übergangen, aber das war in diesem Fall nicht möglich. Sie war auf den Dienstweg angewiesen. Das hieß, der Staatsanwalt hatte das Sagen. Nur er konnte dieser Mission zustimmen oder sie ablehnen. Er hatte letztendlich das Vorhaben legitimiert. Jetzt saß sie in dem IC und grübelte, ob sie an alles gedacht hatte. Das Formale hatte Staatsanwalt Doktor Maibach erledigt, für den Rest war sie zuständig.

Lea lief durch die Reihen von Waggon zu Waggon, bis sie im Bistro angekommen war. Dort bestellte sie sich einen Kaffee und suchte sich einen freien Platz. Die ganze Fahrt verbrachte sie hier, telefonierte, machte sich Notizen und genoss das Angebot des Bistros. Es war wider Erwarten gut.

Gestärkt und leicht angespannt stieg sie am Kölner Hauptbahnhof aus dem Zug. Es war immer das Gleiche. Sobald sie aus dem Bahnhofsgebäude kam, fiel ihr Blick auf das mächtige dunkle Bauwerk. Sie hatte den Kölner Dom x-mal gesehen, dennoch war der Anblick immer wieder imposant.

Hauptkommissar Kettwig stand lässig angelehnt vor einem schwarzen Kombi. Das Fahrzeug, nicht übermäßig groß, dennoch wesentlich besser als ihr Kleinwagen auf Norderney, parkte unweit des Eingangs zum Bahnhof.

Kettwig begrüßte Lea mit einem freundlichen Lächeln.

»Wie war die Fahrt? Möchten Sie einen Kaffee trinken oder ...«

»Besser wir bringen das Ganze schnell über die Bühne, bevor wir uns dem gemütlicheren Teil zuwenden«, scherzte Lea, was bei dem etwa vierzigjährigen Kölner sichtlich gut ankam.

Kettwig trug eine schwarze Outdoorjacke, ein dunkelblaues Shirt, blaue Jeans und geputzte halbhohe Schuhe. Seiner Statur nach zu urteilen, trieb der etwa 1,80 Meter große Kriminalist viel Sport. Er hatte freundliche braune Augen und wie viele Männer in seinem Alter einen gepflegten Dreitagebart. Der Bart ließ ihn sichtlich älter erscheinen.

In der Markusstraße, unweit des Gebäudes, in dem der Zugriff erfolgen sollte, warteten die Kollegen. »Während des Zugriffs werden zwei Polizeibeamte sowie mein Kollege

Merkes und ich Sie begleiten. Steigen Sie ein, wir fahren direkt zur Markusstraße«, sagte Kettwig in einem ruhigen, sachlichen Ton.

Das Haus, ein dreistöckiges, weiß verputztes Gebäude aus den 70er-Jahren, verfügte über einen seitlichen Eingang. Drei Reihen Briefkästen, die an der Außenwand montiert waren, deuteten darauf hin, dass hier 12 Parteien wohnten.

»Wir müssen in den zweiten Stock«, sagte Kettwig leise.

Die Eingangstür war offen, sodass sie ohne die Türklingel betätigen zu müssen, dass Gebäude betreten konnten. Im Treppenhaus standen Fahrräder, in einer Ecke lagen Prospekte einer Supermarktkette und Scherben einer Bierflasche. Das sonst gepflegt wirkende Haus roch innen nach Küchenabfällen. Der Geruch zog sich durch das ganze Treppenhaus. Lea folgte den Beamten mehrere Treppen hinauf, bis sie vor einer weiß lackierten Tür Halt machten. Das Klingelschild trug keinen Namen. Kettwig gab seinem Gefolge ein Zeichen, worauf alle im Treppenhaus verschwanden. Nur Lea blieb vor der Tür stehen. Sie wusste, was zu tun war.

Zweimal betätigte sie den Klingelknopf, dann öffnete sich die Tür. Von innen drang laute Technomusik an ihr Ohr.

Die junge Frau erschrak, als sie Lea sah und drückte die Tür wieder zu. Lea hatte damit gerechnet und entschieden ihren Fuß zwischen Tür und Rahmen gestellt, sodass sich die Tür nicht schließen ließ. Unmittelbar bekam Lea Hilfe von den Kollegen, die von den Treppenaufgängen kamen und sich entschlossen gegen die Tür lehnten. Die Tür gab sofort nach, flog auf und eine verdutzte junge Frau schaute auf Lea und ihr Gefolge.

»Bist du alleine?«, schrie Lea.

Verängstigt zeigte die Zwanzigjährige zu einer verschlossenen Tür. Ohne auf eine Aufforderung zu warten, stürmten zwei Beamte das Zimmer. Sie griffen die Person, die dort auf dem Bett lag, legten ihr Handschellen an und zerrten den jammernden jungen Mann zu den Einsatzfahrzeugen.

»Du kommst mit«, sagte Lea energisch.

»Warum?«, fragte die junge Frau.

»Du weißt warum. Ich nehme dich unter dem dringenden Tatverdacht fest, deine Freundin Leonie Famula aus niedrigen Beweggründen getötet zu haben.«

Lea klärte Emi über ihre Rechte auf und trieb sie Richtung Tür.

»Ich, ich ...«, jammerte Emi.

Lea wollte auf Handschellen verzichten, aber eine Polizistin war schneller.

»Ich weiß nicht, was das soll. Ich habe nichts getan«, schluchzte sie.

»Du hast deine Freundin getötet und dafür musst du dich verantworten«, erwiderte Lea.

»Quatsch! Warum sollte ich sie umbringen?«

»Sag` es mir!« Lea wurde lauter.

»Keine Ahnung. Ich habe mit der Sache nichts zu tun.«

»Das Smartphone deiner Freundin ist dir zum Verhängnis geworden. Hättest du es rechtzeitig entsorgt, wären wir dir womöglich nicht auf die Spur gekommen. Aber so ein geiles Smartphone mit so vielen neuen Features konntest du nicht ins Meer werfen, zumal es das Neuste ist, das man derzeit im Handel erwerben kann. Du hast es eingesteckt und es hat uns zu dir geführt.«

»Wovon reden Sie?«

»Ich rede von dem Smartphone deiner Freundin Leonie. Dank ihrer Popularität kamen Leonie die neuesten Produkte regelmäßig zugeflogen. Dieses Smartphone hast du eingesteckt und behalten. Es wird mit Sicherheit eine große Rolle im Strafprozess spielen.«

»Quatsch. Ich habe alles gelöscht. Sie können mir nichts anhaben.«

»Die Daten zu löschen, war völlig überflüssig. Die Wiederherstellung der Daten ist für die Spezialisten vom LKA Routine.«

»Sie lügen. Sie wollen mir nur Angst machen. Ich habe Leonie nicht getötet.«

»Doch, das hast du. An dem betreffenden Abend warst du mit deiner Freundin Leonie in der *Bierstube Klabautermann*, dafür gibt es eine Zeugin. Kurz nach 21 Uhr seid ihr zurück zur Ferienwohnung gefahren. Du stiegst aus, während Leonie mit dem Taxi zum Hafen fuhr. Du wusstest, was Leonie vor hatte. Deine Freundin hatte einen Termin bei Doktor Stratzleseer. Der Milliardär wollte deiner Freundin ein lukratives Angebot offerieren. Der neue Job wäre für Leonie der Jackpot gewesen. Du ahntest, dass du wieder einmal leer ausgehen würdest.

Neid und Missgunst trieben dich dazu, deine Freundin zum Hafen zu folgen. Du bist aus dem Fenster gestiegen, hast ein E-Bike aus dem Schuppen geholt, das bei der Ferienwohnung zur kostenlosen Nutzung bereitstand und bist zum Hafenterminal geradelt.

Im Vorfeld hattest du dir eine Route ausgekundschaftet, die es dir erlaubte, in wenigen Minuten zum Anleger zu fahren. Ich habe den Stadtplan auf deinem Bett liegen sehen. Mit dem E-Bike kamst du fast zeitgleich mit deiner Freundin im Hafen an. Das hat uns der Taxifahrer bestätigt, dem du kurz vor dem Terminal die Vorfahrt genommen hattest. Er konnte dich exakt beschreiben.

Du hattest leichtes Spiel. Während Leonie Musik über ihre Kopfhörer genoss, kamst du mit Reizgas und einer Whiskyflasche von hinten. Eine seltene, teure Whisky-Marke. Die Flasche stammte aus dem Wohnzimmer-Sideboard der Ferienwohnung, wie die Vermieterin bestätigte. Kaum, dass Leonie ihr Video gepostet hatte, schlugst du zu und hast den Schädel deiner Freundin zertrümmert. Der Schlag mit der

Flasche war heftig, dennoch nicht tödlich. Bewusstlos blieb sie auf dem Anlieger liegen. Du hast ihre Taschen geleert, nahmst alles an dich und hast deine regungslose Freundin in das Hafenbecken gestoßen. Leonie fiel ins Wasser und ertrank.«

»Wie kommen Sie dazu, mich zu verdächtigen? Ich war sogar bei der Polizei und habe meine Freundin als vermisst gemeldet.«

»Ich weiß«, sagte Lea zustimmend.

»Als du von den polizeilichen Ermittlungen erfahren hast, kam dir der Gedanke, dich bei der Polizei zu melden. Du spieltest gekonnt die Ahnungslose, die ihre Freundin vermisste. Zunächst habe ich dir geglaubt, dann machte mich jedoch deine überstürzte Abreise stutzig. Ich erinnerte mich an den nassen Teppich unterhalb des Wohnzimmerfensters. Du hattest den Regen nicht eingeplant, als du durch das Fenster die Wohnung verlassen hast. So ein Teppich braucht ewig, bis er wieder trocken ist. Nicht nur der Wasserfleck auf dem Teppich ist mir aufgefallen, auch deine nassen Klamotten, die im Bad hingen, machten mich stutzig. Laut deiner Aussage warst du bereits um 21 Uhr 30 zurück in der Ferienwohnung. Der Regen setzte laut Wetterdienst aber erst um 22 Uhr ein. Neben deinem Bett, unter einer Jacke, sah ich eine Tasche. Sie war auch nass. Es war eine Designertasche von *Louis Vuitton.* Deine Habgier und deine Unvorsichtigkeit haben dich verraten.«

Emi schluckte, als Lea ihr den Tathergang schilderte. Bleich folgte sie den Ausführungen der Hauptkommissarin.

»Ich habe sie gehasst. Sie hatte alles. Sie war so erfolgreich. Ihr lag die ganze Welt zu Füßen und ich hatte nichts und das hat sie mich häufig spüren lassen. Für sie war ich nichts weiter als ein mittelloses Anhängsel. Meine Eltern sind *Hartz 4* Empfänger. Sie wissen nicht einmal, was ein *iPhone* ist. Statt mich wie eine echte Freundin zu behandeln, gab

Leonie mir das Gefühl, ich wäre ihre Dienstbotin. Jeden Tag musste ich für sie einkaufen gehen, während sie sich um ihren Blog kümmerte. Wenn wir gemeinsam in einer Stadt flanierten, besuchte sie die teuersten Läden, kaufte sich jede Menge Markenklamotten und ich durfte zusehen. Vor drei Wochen hat sie mir meinen Freund ausgespannt, mit dem ich fast zwei Jahre zusammen war.«

»Das tut mir leid. Trotz allem sind das keine Gründe, die deine Handlung rechtfertigen. Ich hoffe, du bekommst einen guten Anwalt.«

Das Mädchen begann ungehemmt zu weinen.

»Muss ich ins Gefängnis?«, schluchzte sie.

»Das entscheiden andere. Du bist noch so jung. Du hast etwas Besseres verdient als Gefängnis«, sagte Lea nachdenklich.

Sie ging ins Treppenhaus, das Mädchen folgte in Handschellen, begleitet von einer Polizeibeamtin.

»Ein Kollege der Kripo Köln wird ein Protokoll erstellen. Morgen früh wird man dich nach Aurich bringen, wo du dem Haftrichter vorgeführt wirst. Der entscheidet, wie es weiter geht. Ich fahre zurück nach Ostfriesland. Trotz allem wünsche ich dir alles Gute. Lebe wohl, Emi.«

DIE ZEIT REICHTE für einen Kaffee im Stehen. Lea bedankte sich bei ihren Kölner Kollegen und schaffte es gerade noch, den IC nach Ostfriesland zu erreichen. Wie auf der Hinfahrt saß sie wieder im Bistro-Wagen. Sie schaute auf die Uhr. Es wurde Zeit, Doktor Maibach zu informieren.

»Hallo, Frau Landgraf. Wie war die Zusammenarbeit mit den Kollegen in Köln?«

»Die Kölner Kollegen waren sehr kooperativ. Die Tatverdächtige hat kurz nach ihrer Festnahme ein Geständnis abgelegt.«

»Sie? Ich dachte ... Habe ich das falsch verstanden? Sie wollten doch die beiden jungen Männer verhören, die urplötzlich Norderney verlassen haben?«

»Nein. Tim und Kevin, wie die beiden hießen, haben mit dem Tod der jungen Frau wenig zu schaffen. Nachdem die Mädchen ihnen einen Korb gegeben hatten, suchten sie eine Kneipe auf. Dort haben sie ihren Frust in Alkohol ertränkt. Auf dem Rückweg von der Kneipe zur Ferienwohnung haben sie etwas randaliert. Dabei ging eine Schaufensterscheibe zu Bruch, ein Auto wurde demoliert und eine Parkbank zerlegt. Aus Angst vor Repressalien flüchteten sie von der Insel.«

»Ach so und was haben Sie in Köln gemacht?«

»Unter Mithilfe der Kölner Kollegen konnte ich die Freundin der Toten verhaften. Wie gesagt, hat Emi Kunze die Tat gestanden. Morgen wird sie nach Aurich überführt. Der Fall ist somit abgeschlossen. Doktor Stratzleseer ist unschuldig.«

»Ja, das scheint mir auch so. Ich muss zugeben, ich bin ein wenig überrascht, dennoch bin ich froh, dass dieser Fall abgeschlossen ist. Leider muss ich das noch ihrem Kollegen Eggers mitteilen. Der wird weniger erfreut sein. Sie sind ohne sein Wissen nach Köln gefahren. Der Fall lag in seinen Händen. Jetzt wurde der Fall ohne Absprache mit Herrn Eggers abgeschlossen. Das wird zu Missstimmungen führen.«

»Sie haben mir doch diesen Fall übertragen.«

»Übertragen ist das falsche Wort, Frau Landgraf. Ich habe sie lediglich gebeten, entlastendes Material zu beschaffen. Ich wollte Doktor Stratzleseer aus der Schusslinie bringen und dabei sollten Sie mich unterstützen.«

»Aber das habe ich doch gemacht.«

»Nein, Sie haben den Fall gelöst, das war nicht Ihre Aufgabe. Sie sind einen Schritt zu weit gegangen, Frau Landgraf. Die Lorbeeren stehen Herrn Eggers zu, nicht Ihnen. Sie sind ihm in Ihrem blinden Ehrgeiz in den Rücken gefallen. Das ist nicht kollegial.«

»Aber Herr Eggers hat doch eine ganz andere Spur verfolgt.«

»Vergessen wir diese Geschichte, Frau Landgraf. Der Fall ist abgeschlossen, alles Weitere wird die Zukunft zeigen. Ich bin mir sicher, mir steht ein Dilemma bevor. Ich muss das Verhältnis zwischen der Kripo Aurich und der Polizei auf Norderney wieder geradebiegen. Keine leichte Aufgabe. Tschüss, Frau Landgraf. Kommen Sie gut zurück zur Insel. Alles Weitere bereden wir nächste Woche. Ich hoffe, Herr Eggers wird keine Dienstaufsichtsbeschwerde in Erwägung ziehen.«

LEA MUSSTE das Gespräch erst einmal verdauen. Sie starrte aus dem Fenster und ließ Häuser und Landschaften an sich vorbeiziehen. Als der Zug nach einer Stunde in den Bahnhof Münster einfuhr und zum Stehen kam, wurde sie abrupt aus ihren Gedanken geholt. Lea erhob sich von ihrem Platz, ging zum Tresen und bestellte sich einen großen Kaffee. *Was war das für ein Tag?*

KURZ VOR 18 Uhr fuhr der Zug im Bahnhof Norddeich Mole ein. Ohne Hast lief sie zur Fähre, die pünktlich um 18 Uhr 15 auslief. Sie hatte es geschafft. Endlich konnte sie durchatmen. Sie freute sich auf ihre Wohnung und einen entspannten Abend vor dem Fernseher. Lea setzte sich ans Fenster und bestellte sich einen Tee. Sie schaute nach draußen und betrachtete die Wellen, die längs der Fähre vorbeizogen. Gedankenversunken sah sie auf das Display ihres Smartphones, als das Gerät für einen kurzen Moment vibrierte.

»Noch immer keine Nachricht von Sven«, seufzte sie. Lea

steckte das Gerät zurück in ihre Jackentasche. Sie bezahlte ihren Tee und lief in Richtung Ausgang. In sieben Minuten sollte die Fähre ihr Ziel erreicht haben, dann war sie wieder auf Norderney. Sie wusste, was sie in den kommenden Tagen zu tun hatte. Sie wollte Sven suchen.

ES HERRSCHTE GEDRÄNGE, als ein Mitarbeiter der Reederei die Tür zur Gangway öffnete. Erst gingen zwei Mütter mit ihren Kinderwagen von Bord, dann folgten die, die es besonders eilig hatten. Lea ließ sich Zeit und verließ als eine der Letzten die Fähre. Noch einmal musste sie ihre Fahrkarte aus der Tasche ziehen und entwerten, bevor sie durch das Reederei-Gebäude die Insel betreten konnte.

Kapitel 23

Lea traute ihren Augen nicht, als sie das Terminal durch die große Glastür verließ. Vor dem Eingang stand ein junger Mann mit zwei Fahrrädern.

»Sven!«, schrie sie überglücklich.

»Sven, du bist wieder da!«

Lea eilte auf ihren Freund zu.

»Moin, junge Frau, ich wollte Sie zum Essen abholen. Nach der langen Reise haben Sie sicherlich Hunger.«

»Ich habe tierischen Hunger. Wo warst du? Ich habe mir solche Sorgen um dich gemacht.«

»Erzähle ich dir alles beim Essen. Warst du erfolgreich?«

»Nicht wichtig. Erzähle ich dir später.«

Lea ließ ihren Rucksack auf den Boden fallen, umarmte ihren Freund und drückte ihn fest an sich.

»Vorsicht. Ich könnte ersticken«, röchelte Sven.

»Schön, dass du wieder da bist. Ich hab dich so vermisst. Wo gehen wir essen?«

»Lass dich überraschen. Gib mir deinen Rucksack, wir radeln in die City.«

»Hast du extra ein Fahrrad für mich ausgeliehen?«

»Klar. Heute und in den nächsten Tagen machen wir

Urlaub auf Norderney. Genauso wie alle anderen Gäste auf der Insel. Zum richtigen Urlaub gehört eine Fahrradtour. Jetzt fahren wir in die Stadt. Wie gesagt, ich lade dich zum Essen ein.«

»Und danach?« Lea schaute ihren Freund mit einem Lächeln an.

»Um 20 Uhr sind wir zu Tee und Kuchen bei Tante Martha eingeladen.«

»Eingeladen bei Tante Martha? Wie kommen wir zu der Ehre?«, fragte Lea überrascht.

»Sie hat wohl Sehnsucht nach uns.«

DIE FAHRRÄDER WURDEN am Kurplatz abgestellt. Dort gab es genügend Fahrradständer. Zu Fuß liefen beide in Richtung Poststraße. Die Neugier sah man in Leas Augen. Sie schaute von links nach rechts und von einem Restaurant zum anderen. Sven lief immer weiter. In der Innenstadt herrschte reger Betrieb.

»Ich hoffe, du hast einen Tisch reserviert.«

»Könnte man so sagen«, erwiderte Sven mit einem breiten Lächeln im Gesicht.

»Ich habe Hunger!«

»Wir sind gleich da.«

»Italienisch, deutsch, griechisch, oder ...?«, fragte Lea neugierig.

»Wir essen deutsch«, erwiderte Sven.

»Wow! Das hätte ich nicht gedacht. Kannst du dir das leisten? Hast du geerbt?«

»Nein. Ich weiß, wo man gut und günstig essen kann.«

Lea traute ihren Augen nicht. Sven blieb plötzlich stehen und zeigte auf eine farbige Werbetafel.

»Wir sind da! Hier essen wir.«

»Was? Hier? Das ist dein deutsches Restaurant?«, fragte Lea erstaunt.

»Genau. Ich wollte dir etwas besonderes bieten. Das hast du dir nach den anstrengenden Tagen verdient.«

Schon oft war sie hier vorbei gelaufen, aber dieses Schild hatte sie bislang noch nie bewusst wahrgenommen.

Lea las laut vor, was sie dort sah:

»*WURST WILLI*. Beste Wurst vom Inselmetzger!«

»Hier gibt es die leckerste Idee von Norderney«, betonte Sven und lachte.

Lea verzog das Gesicht, als hätte sie gerade in eine Zitrone gebissen.

»Bratwurst? Currywurst? Ich ernähre mich überwiegend vegetarisch. Ist dir das klar?«

»Lea, Ausnahmen bestätigen die Regel. Wenn du die Currywurst von WURST WILLI nicht isst, dann hast du etwas im Leben verpasst. Du wirst dich immer und ewig ärgern, dass du auf Norderney diese Köstlichkeit nicht probiert hast.«

»Okay! Dir zu Liebe. Weil wir jetzt schon mal hier sind, werde ich diese Wurst probieren.«

»Lea, du wirst diese Entscheidung nicht bereuen. Ich bin mir sicher, du wirst noch deinen Enkeln und Urenkeln von dieser Currywurst erzählen.«

»Du machst mich neugierig. Außerdem habe ich großen Hunger.«

»Lea, du bist eingeladen.« Sven ging auf den Mann mit der Schürze zu. »Willi! Zwei mal Currywurst«, rief Sven. Willi lachte den beiden freundlich zu und wiederholte: »Zweimal Currywurst. Kommt sofort!«

»HAT ES DIR GESCHMECKT?«

»Ja, sehr sogar. Ich mache selten Ausnahmen bei der

Ernährung, aber diese Currywurst war eine Sünde wert. Das nächste Mal lade ich dich ein. Okay?«

»Aber bitte keine Tofu-Wurst!«, sagte Sven und verzog das Gesicht.

»Nein. Wir gehen wieder zu Willi. Ich muss die Bratwurst noch probieren!«

Sven musste lachen. Diese Antwort hatte er von Lea nicht erwartet.

UM DIESE ZEIT spazierten nur noch wenige Urlaubsgäste über die Promenade. Eine Schar Silbermöwen ließ sich laut kreischend auf dem Strand nieder. Die Flut kam und mit ihr größere Wellen, die, getrieben von einer leichten Brise auf den Strand rollten. Ohne ein Wort zu sagen, setzten sich Lea und Sven auf eine frei gewordene Bank. Sie schauten auf das Meer, auf dem in der Ferne ein weißes Segel zu erkennen war. Sven legte seinen Arm um Lea und zog sie an sich heran.

Was war los? Sie konnte wieder atmen. Frei atmen. Ihre Brust war nicht mehr eingeschnürt. Dieses Gefühl kannte sie seit Tagen nicht mehr. Es war, als hätte man ihr ein Korsett und einen kiloschweren Rucksack abgenommen. Sie konnte wieder lachen, herumalbern und vergnügt sein. Der ganze Stress, die Aufregungen und die Belastungen der letzten Tage waren verschwunden.

Endlich, nach nervenaufreibenden Tagen, durfte sie wieder sie selbst sein. Es war schön, den leichten Wind im Gesicht wahrzunehmen und die Möwen zu beobachten, die entlang der Dünung schritten, auf der Suche nach Nahrung. Lea genoss die wohltuende Nähe zu Sven. Sie spürte in diesem Moment, wie sehr sie ihn vermisst hatte.

»Wir sollten öfters eine Fahrradtour machen«, sagte Lea leise.

»Ja. Beim nächsten Mal nehmen wir uns etwas zu essen und trinken mit und fahren in die Dünen. Nebenbei bemerkt, wir müssen uns sputen. Tante Martha wartet auf uns.«

»Ich wäre gerne noch geblieben. Es ist so schön hier.«

»Wir dürfen Tante Martha nicht enttäuschen. Sie erwartet uns zum Tee«, sagte Sven.

»Bevor wir gehen, musst du mir noch etwas erzählen. Wo warst du die ganzen Tage? Warum hast du dich nicht gemeldet? Weshalb konnte ich dich nicht erreichen? Was war mit den beiden Frauen, mit denen du im *Klabautermann* warst?«

»Das sind aber viele Fragen auf einmal«, sagte Sven und lachte.

»Ich habe mir Sorgen um dich gemacht.«

»Wegen der beiden Frauen?«

»Nein, natürlich nicht«, betonte Lea und löste sich aus der Umarmung.

»Ich kannte die beiden Frauen überhaupt nicht. Per Zufall habe ich einen Blogeintrag über Sylt im Internet gelesen. Darauf hin habe ich diese TravelGull23 kontaktiert. Ich schlug ihr vor, einen ähnlichen Artikel über Norderney zu verfassen. Vor 14 Tagen teilte sie mir mit, dass sie Bilder von der Insel benötige, keine typischen Ferienfotos, sondern coole Impressionen von Norderney. Ich habe ihr einige Beispiele aus meinem Bild-Archiv gemailt und sie war begeistert. So kam der Kontakt zustande.«

»Das war alles?«

»Ja, als sie auf Norderney war, haben wir uns kurz getroffen. Ich habe ihr einen Stick mit 140 Fotos gegeben und das war alles.«

»Weshalb hat sie sich deine Handynummer auf ihren Arm geschrieben?«

»Aus Jux? Sie sah mein Tattoo und sagte, sie wollte auch etwas auf ihrem Arm haben. Und dann kam ihr die Idee mit meiner Mobilnummer.«

»Also war da mehr als nur ...«

»Nein, Lea. Vielleicht vertrug sie kein Bier, jedenfalls war sie gut drauf. Sonst war da nichts. Du kannst sie fragen.«

»Ist leider nicht möglich.«

»Weshalb nicht?«

»Sie ist tot. Sie wurde wenige Stunden, nachdem sie sich den Arm vollgeschmiert hatte, tot aus dem Hafenbecken gezogen.«

»Das habe ich nicht gewusst.« Erschrocken schaute Sven zu Lea.

»Ist sie ins Wasser gestürzt? Konnte sie nicht schwimmen?«

»Ich hatte gehofft, von dir eine Antwort zu bekommen, aber du warst nicht erreichbar.«

»Jetzt verstehe ich deine Fragerei. Du meinst, ich habe etwas mit dem Tod der Frau zu tun. Lea, was denkst du über mich? Bist du jetzt im Dienst? Ist das ein Verhör?« Sven reagierte sauer.

»Nein, nein. Ich wusste nicht, was ich denken sollte. Ich habe mir nur Sorgen gemacht. Große Sorgen. Ich habe jeden Tag gebetet, dass du dich bei mir meldest. Aber es kam kein Anruf. Nichts!«

»Hast du so wenig Vertrauen zu mir? Gehörte ich zu deinen Tatverdächtigen? Lea, du musst Beruf und Privatleben trennen, sonst gibt es irgendwann ein böses Erwachen und dann stehst du plötzlich da, ohne Freunde und Vertraute. Willst du das, Lca?«

»Nein, natürlich nicht, aber in meinem Job ist man rund um die Uhr im Dienst. Es ist nicht immer einfach, auf die Gefühle anderer Menschen Rücksicht zu nehmen. Du warst und bist kein Verdächtiger. Du bist ein lieber Mensch, den ich in den letzten Tagen sehr vermisst habe.«

»Was war mit der Frau? Was ist mit ihr passiert?«, fragte Sven.

»Mittlerweile konnten wir alles aufklären. Ihre Freundin schlug sie mit einer Flasche bewusstlos und stieß sie anschließend ins Wasser.«

»Ihre Freundin?« Verblüfft sah Sven Lea an. »Das war ein ganz ruhiges, sympathisches Mädchen. Warum hat sie das getan?«

»Das werden wir wohl nie genau erfahren. Neid und Eifersucht spielten eine große Rolle.«

»Ich fasse es immer noch nicht. Wir haben uns so gut unterhalten. Ich habe keine Feindschaft unter ihnen verspürt. Ich hatte das Gefühl, dass sie sich sehr gut verstanden haben«, sagte Sven betroffen.

»Weshalb hast du dich all die Tage nicht bei mir gemeldet?«

»An dem Abend, als ich mit den beiden Frauen im *Klabautermann* saß, bekam ich eine Nachricht von einem großen Hamburger Verlag. Exklusiv für den Verlag sollte ich eine Reportage über die Vogelinsel ‚Memmert' machen. Am nächsten Tag, in aller Frühe, bin ich gestartet. Ein Schiff der *DGzRS* brachte mich zur Insel. Memmert ist etwas Besonderes. Niemand darf diese Insel betreten. Der Verlag hat mir eine Sondergenehmigung besorgt. Das ist für einen Natur- und Tierfotografen eine Auszeichnung, wie der *Grammy* für einen Musiker. Dort habe ich die letzten Tage in einem kleinen Tarnzelt verbracht. Ich lebte und schlief zwischen Seeschwalben, Kormoranen, Austernfischern, Löfflern und unzähligen Möwen. Die ganze Zeit hatte ich die Gelegenheit, aus nächster Nähe die sonst so scheuen Vögel beim Brüten und der Aufzucht ihrer Jungen zu beobachten.«

»Memmert?«, ungläubig schaute Lea zu Sven.

»Memmert ist eine kleine Insel südlich von Juist. Nur ein einziger Mensch lebt dort. Als Vogelwart zählt er die Vögel und hält Störungen von der Insel fern. Wusstest du, dass

Memmert einer der wenigen Orte auf der Welt ist, an dem Kormorane auf dem Boden brüten?«

»Nein. Aber warum hast du mir das nicht mitgeteilt?«

»Weil es die Verantwortlichen so wollten. Es durfte niemand etwas von dieser Mission erfahren.«

»Weshalb nicht?«

»Die Insel ist streng geschützt. Sie ist ein Paradies für Vögel und soll es auch bleiben. Jeder Besuch, jeder Eingriff und jede Störung durch Menschen soll unbedingt vermieden werden. Was wäre passiert, wenn du meinen Aufenthaltsort gekannt hättest?«

»Nichts. Ich hätte dich ....«

»Da mein Handy ausgeschaltet war, konntest du mich telefonisch nicht erreichen. In Sorge um mich hättest du vermutlich einen Seenotrettungskreuzer oder einen *SAR-Hubschrauber* geschickt. Diese Aktion hätte weder dem Vogelwart, noch den Vögeln gefallen. Ich wäre mit Sicherheit meinen Job los gewesen. Eine Zukunft als Naturfotograf hätte ich dann vergessen können.«

»Das wäre denkbar gewesen«, sagte Lea leise.

»Genau das sollte vermieden werden, Lea. Memmert ist eine der letzten unberührten Inseln in der Deutschen Bucht.«

»Eine Nachricht hättest du mir trotzdem schicken können.«

»Nein, Lea. Das war nicht möglich. Mein Handy lag zu Hause. Ich hatte nur das Nötigste mit. Zelt, etwas Verpflegung und meine Kameras. Elektrische oder elektronische Geräte sind auf ‚Memmert' strikt untersagt.«

»Ich verstehe«, sagte Lea nachdenklich.

»In zwei Wochen erscheint ein Sonderheft über Memmert in einem großen renommierten Verlag. Gestern Abend bekam ich die Nachricht, dass zusätzlich ein Bildband erscheinen soll. Der Verlag ist zudem mit einem Fernsehsender im Gespräch. Mit etwas Glück darf ich meine Aufnahmen irgendwann einem Millionenpublikum präsentieren. Insofern haben sich die Strapazen der letzten Tage gelohnt.«

»Das ist ja toll! Gratuliere.«

»Ich denke, wir hatten beide anstrengende Arbeitstage. Wie wäre es, wenn wir von etwas anderem reden?«

»Gute Idee«, sagte Lea und gab Sven einen Kuss auf die Wange.

Kapitel 24

Die Rentnerin öffnete die Tür mit einem erfrischenden Lächeln.

»Moin, Tante Martha. Wir sind da. Danke für die Einladung«, sagten beide wie im Duett.

»Moin, ihr zwei. Kommt herein. Tee ist gleich fertig. Ich habe Kuchen gebacken. Geht schon mal ins Wohnzimmer.«

»Ins Wohnzimmer? Nicht in die Küche?«, fragte Lea erstaunt.

»Nee, Kinder. Heute sitzen wir nicht in der engen Küche. Ich habe den Tisch im Wohnzimmer gedeckt.«

Ein Duft von frisch gebackenem Kuchen zog durch das ganze Haus. Lea, gefolgt von Sven, lief den kleinen Flur entlang in Richtung der »guten Stube«. Sie öffnete die Tür zum Wohnzimmer und blieb überrascht stehen.

»Was ist denn hier los? Sven, hast du das gewusst?«, fragte Lea verwundert.

Sven lächelte.

»Es war eine Idee von Tante Martha«, sagte er kleinlaut.

Die betagte Dame kam mit einer vollen Kanne Tee aus der Küche.

»Es ist doch schön, wenn wir ein paar Kuchenesser mehr sind«, sagte sie und lachte, »steht hier nicht rum. Setzt euch!«

Rund um den gedeckten Couchtisch saßen bereits Flessner, Lankow, Sabine und Bürgermeister Redenius.

»Ist das nicht schön, dass wir hier alle sitzen? So jung kommen wir nicht wieder zusammen«, sagte die agile Seniorin und füllte die Tassen mit Tee. Kaum, dass sie den Teepott auf das Stövchen gestellt hatte, kam Lea auf sie zu und nahm sie in den Arm.

»Du bist die Beste, Tante Martha!«

»Nu übertreib man nicht, Kind. Was soll unser Bürgermeister denken?«

»Ich kann die Äußerung von Frau Landgraf nur unterstreichen. Der Kuchen ist hervorragend«, murmelte Redenius mit vollem Mund.

Verwundert schaute er in die Runde, als alle über seine Äußerung lachten.

»Habe ich etwas falsches gesagt?«

»Nein, Herr Bürgermeister. Lassen Sie es sich schmecken«, sagte Lea, »wie sagte ein berühmter Franzose: Essen ist ein Bedürfnis, Genießen ist eine Kunst.«

DAS IST OSTFRIESLAND. Man trifft sich gerne zu Tee und Kuchen. Oft nach getaner Arbeit, wenn Besuch kommt oder nach einem besonderen Ereignis. Für eine Tasse Tee gibt es immer einen Grund und für eine zweite und dritte Tasse Tee ist immer Zeit.

Menschen wie »Tante Martha« habe ich oft in Ostfriesland kennengelernt. Immer herzlich, immer gastfreundlich und immer gut gelaunt. Gerne nahm ich bei ihnen in der kleinen Küche oder zu besonderen Anlässen im Wohnzimmer Platz. Je voller der Raum, umso gemütlicher war es und wie gesagt, jeder bekam seine drei Tassen Tee, selbst gebackene

Kekse oder ein dickes Stück Kuchen. Es wurde geredet, geplaudert, ein wenig getratscht und immer sehr viel gelacht.

IM SPÄTHERBST WAR ich das letzte Mal auf Norderney. Wie immer hat mich die Insel auch an diesem Tag in ihren Bann gezogen. Das Wetter, ostfriesisch durchwachsen, hinderte mich nicht daran, stundenlang durch die Straßen der Stadt zu bummeln oder am Strand spazieren zu gehen. Viel Zeit verbrachte ich dieses Mal im Conversationshaus. Ein wirklich schönes und interessantes Gebäude. Den Tag auf der Insel habe ich genossen. Gerne wäre ich länger geblieben, aber ein Buch schreibt sich nicht von alleine. Mein Schreibtisch steht in Ostfriesland, einige Kilometer entfernt von Norderney.

Sicherlich geht es mir wie viele Inselfans, ich kann es kaum erwarten, wieder nach Norderney zu fahren.

WAS FÜR DEN Künstler der Applaus ist, ist für den Autor eine nette, gut gemeinte Rezension. Ich danke Ihnen im Voraus für Ihre Anregungen, für Ihre Kritik und Ihre positiven Worte.

WENN SIE MEHR ÜBER die Kriminalhauptkommissarin Lea Landgraf lesen möchten, teilen Sie es mir gerne mit. Sei es in Form einer Rezension oder per Mail an lorenz-autorin@web.de

DANKE UND HERZLICHE Grüße aus Ostfriesland

Ihre Ella Lorenz

. . .

BÜCHER VON ELLA LORENZ:

Tod auf Norderney

Vermisst auf Norderney

Stumme Schreie auf Norderney

lorenz-autorin@web.de

Ostfriesland November 2021

Cover: Meinders Design

Lektorat / Korrektorat: MM

Kontakt: Agentur Meinders, Lortzingstr.;

D 26810 Westoverledingen

Printed in Poland
by Amazon Fulfillment
Poland Sp. z o.o., Wrocław

41050104R00112